别人眼里没有你想要的人生

弦歌 著

花山文艺出版社

图书在版编目（CIP）数据

别人眼里没有你想要的人生/弦歌著.— 石家庄：花山文艺出版社，2018.7（2023.11重印）
ISBN 978-7-5511-3935-9
Ⅰ.①别… Ⅱ.①弦… Ⅲ.①散文集－中国－当代 Ⅳ.①I267
中国版本图书馆CIP数据核字(2018)第081502号

书　　名：别人眼里没有你想要的人生
著　　者：弦　歌

责任编辑：梁东方
责任校对：李　伟
封面设计：李四月
美术编辑：胡彤亮
出版发行：花山文艺出版社（邮政编码：050061）
（河北省石家庄市友谊北大街330号）
销售热线：0311-88643221/29/31/32/26
传　　真：0311-88643225
印　　刷：北京合众伟业印刷有限公司
经　　销：新华书店
开　　本：880×1230　1/32
印　　张：7
字　　数：200千字
版　　次：2018年7月第1版
2023年11月第2次印刷
书　　号：ISBN 978-7-5511-3935-9
定　　价：38.00元

自序

中年以后，经济情形比年少时宽松许多。很奇怪，理应伴随的幸福却没有尾随而来。我难道不是来到了人生的目的地了吗？

我曾经追着一个好朋友（成功人士）滑稽地问：你快乐吗？

他不知从哪里拷贝来的答案：你是中央电视台的吗？

言下之意很明显：这么大的问题，难道你让我几分钟内就回答你？

我又说：那些有名有利的人真的不够厚道。怎么能天天鼓励别人跟过来呢？应该竖一面字牌“此处无快乐请绕行”才对。自己明明没有找到大家要找的东西，为什么还行蛊惑之事？

朋友答：想来是那些人投入的成本太多。全身心，一辈子。合身扑过去，没有找到终极的好东西，抖抖威风也是好的，算是捞回一点老本。

可我对幸福曾经有过一次“惊鸿一瞥”。

那是初秋。吃完螃蟹，喝完黄酒，穿得暖暖去后院听雨。三分迷糊，七分快活。就在那个瞬间，不知是雨后月季的香味打通了精神上的某处暗锁还是别的什么，我突然感觉自己身上一道道无形的绳索解了去。那样一个时刻，我体会到了四个字：心无挂碍。之前，我只是在书上读过那样的境界。两个小时后，清清凉凉醒过来，地球并没有因为我少挂碍两个小时而停止转动，一切令人烦心的事情也没变得更糟。

之后好几天，我一直回味那一刻的感觉，若有所悟。

文字这个东西，当你要掩盖自己的时候，可信手拈来，得心应手。但你真要表达自己某个奇妙感受的时候，它却非常笨拙，无论怎样用都觉得那个真相变了形。

如果强求描画幸福的样貌，大约就是：心思宁静，不为外界所动，若一面澄澈的湖水，洒满皎洁的月光。

如入清凉之境。

一定有另外一个我，藏于人的精神内部，久被忽略，发出求助的尖叫。我们听若无闻，视其如夏日嘈杂蝉鸣。日久，便长出那个叫作“无名抑郁”的东西。

要幸福宁静，当然不能永远借助酒这个外力，人应该能自给自足达到那个境界。

从此以后，静下心来，听一听另外一个我的声音。看看除了努力让自己符合主流的价值观，还能做些什么。看看自己的外部世界和内部世界，能不能有一个完美的平衡。

佛家有语：千江有水千江月。

愿我们每个人心中，都能升起那轮皎洁的明月。

目录

第一辑　守静向光，安然成长

第二辑　青青子衿，悠悠我心

第三辑　烟火俗世，我自清欢

第一辑

守静向光
安然成长

自省这个活你熟吗

我们这个小圈子的女人，有知识有文化有学历，都“高雅”极了。三日不读书，便觉言语无味面目可憎，且每日三省吾身，力求更上一层楼。

恨不能把属于女人的美好品质变成配件，一股脑儿全挂自己身上。

聚在一起，还谦虚地交流自省结果。

A 女说：“我这个人太馋，是那种典型的吃货。”

这种说法太不老实。馋，放在五六十年前，是一件让人羞耻的事（那会儿人们不承认自己有任何欲望包括食欲）。现在，时代可是变了。此种说法无非是指自己懂得享受生活，还颇有些“经济条件不错”的意思。

B 女说：“我不懂得温柔。”

此女曾经毫不吝啬地表扬我温柔。听到温柔这个词，我首先想到的是“柔情似水佳期如梦”，心里颇为受用。若有帅哥在场，更是恨不能扯起一枝青梅来嗅。但心里有点没底：此女刻薄见长，夸起我温柔来怎么不遗余力?

看着她那一点也不羞愧的样子，我恍然大悟：她根本不觉得自己不温柔是什么缺点。她能干，泼辣，巾帼不让须眉。她指的是：我，只有靠温柔才可以在别人手下讨生活，她却有资格等别人对她温柔。

C 女说：“我这个人懒散，不上进。”

这种说法更含蓄。这大约就是指她比较淡泊名利。她在某大国企任中层，手里有二三十号小兵任其调遣。有能力，举重若轻，见惯了大场面。够我等失眠半个月的事，她手一挥，云淡风轻就办了。经常一副懒洋洋心不在焉的姿态，不恶形恶状，端的好看。再往深里想一层：如果她肯争，一定比现在好得多。这是自我批评？这更像是标榜。

D 女说：“我这个人太直。”

再说下去，“我这个人一工作起来就不注意身体”也快呼之欲出了。再者，你为什么只对可以直的人直？在你的主管领导面前，我看也是含蓄委婉，那情商，忽一下子上升好几个台阶。

我算是真诚的：“我爱取悦别人。”

我指的是自己没有安全感。一伙人在一起相处，我是那个怕矛盾的人，我是那种小心翼翼的、可以被别人忽略情绪的、没用的老好人。换言之，心理不够强大。

但细细想来，总也免不了有夸奖自己随和的嫌疑。

咦？没有人得出我不地道我心眼坏我刻薄我善妒我爱欺负别人的结论吗？为什么大家宣布自己的缺点时都笑语盈盈，春风拂面？

我觉得特没意思。

突然心血来潮，便招呼大家：“我们也别自我批评了，听听别人的意见，没准更好一些。”然后我点将，指着 D 女说：“你先说说我好了。”

一派大气。

D 女沉吟片刻，开始说，且说得很多。“我觉得你真正的问题在于：你太在乎男人对你的看法了。如今都四十拐弯了，还减肥呀、衣服呀，看本书你都是为了添点气质。你不能一辈子在这个事儿上徘徊，四十岁应该有四十岁的智慧和生活内容。那不是真正的自信。”

像挨了一记重拳。

我没想到D女会说出这种内容的话来，气得灵魂出窍，暗自思忖："嫉妒。这算什么好意，简直就是人身攻击！"

我像一个面瘫患者，面部肌肉开始控制不住地痉挛。

拼了。

你不是直嘛，本人就陪你玩一次真性情。

我似笑非笑，一字一个小李飞刀："你之所以把男人视为粪土，是因为在这个事儿上，你从来占不了上风。"

这是那个从来不伤害别人的女子口里吐出的莲花吗?

忘了怎么收的场。

回到家里，我短暂发作的面瘫慢慢恢复正常。有一个声音思维传感般钻入我的心里："她说对了。"

据说在潜意识深处，人是知道自己的问题的。那个位置，像一口枯井，里面堆放着你不想面对的不能面对的只想当它不存在的玩意儿。但在那个枯井周围，站着敬业的保安。不，何止是保安，简直就是皇家的御林军。当你的意识碰触到那个边缘的时候，侍卫立即过来制止："嘿，哥们儿，到别处去转转，这里不太愉快呢。"

一般情况下，人都愿意借坡下驴："好吧，青天白日，后会有期。"外面春色满园，谁要去探求那暗沉沉的吓人玩意儿——人永远是怎么舒服怎么想，趋利避害。

红楼梦里的王熙凤，要是一本正经分析起自己来，估计能得出这样的结果：我简直就是荣国府里的劳模，天天为了这个家呕心沥血，连腹中的孩子也保不住。我就是太要强了，太不懂得保养自己的身体了！

我想王熙凤喝着茶焚着香打着坐想一辈子，也不会想到自己那叫歹毒。

要是换了妙玉，大约会是：我竟然屈服于贾母的淫威，让刘姥姥进观来了。那个乡下老婆子多脏呀！看来还是修得不够，还得时时勤拂拭呢。

若是让D女充分发挥一下她直的本色，指出妙玉的问题，应该是：不就是个没落户嘛。别装蒜了。在云端做够了贵族小姐，体会下躺阴沟里的滋味也不错，抬头看天，比原来更高更开阔。

毒舌有毒舌的心理情结，那是另一个要讨论的主题。但，毒舌嘴里喷出来的毒液，苦得你龇牙咧嘴生不如死的同时，一定是你的一剂对症的猛药。可惜我们宁可慢慢病着，也绕着毒舌走。

别人，看我们的问题可是看得真真儿的。

在生活这个大江湖中，我们练就金钟罩的同时，无奈留了一个或多个练门。

六岁的郭靖为什么一剑就杀死了黄老邪的得意门徒武林高手陈玄风？因为刺中了他的练门。

所以，当别人一句话让你恼羞成怒，心中默念“他嫉妒我”的时候，问题，可能就在那里。

自省，不是一件美丽怡人的事。不羞愧，不骇得惊出一身冷汗，根本就不算自省，根本没有抵达你问题的核心。

你以为：找个充满阳光的周末，沏一杯龙井，躺在沙发上，自省一番，确切地说是自恋一番，再站起来，精神上又比别人高了一截？

别逗了。

静静去来，且忌喧哗

前些日子，我的同班同学在上海聚会。

我和闺蜜都没去。因我和她同属于那种若在人群中走失，特别不好辨认的角色。所以我们心照不宣：去了也只是陪衬，谁没事了给自己找不自在。

闺蜜不甘心，不去，还心痒难耐，从群里找了一段聚会视频给我看。

画面上那个曾是班花级别的女生，生了小孩后身材变形，胖墩墩，满面春风，正在忘形地跳着不知名的舞。画面很有喜剧效果，刻薄一点说，特别像大观园里酒醉后手舞足蹈的刘姥姥。

压抑住心中见不得人的快乐，在微信上与闺蜜对她们品头论足。

我说："真是不明白她。要是我，打死也不会这样去跟大家献丑！你知道的，除非我肯定自己能艺压群芳，否则我可不随便这样露破绽给大家看。"

闺蜜说："可我怎么看怎么觉得她挺可爱呢。"

我翻过去一个白眼："我可不肯用这样的可爱去取悦大家。你出了洋相，别人总是比较快乐的。"

我就是这样一个人，什么都要一鸣惊人。哪怕是跟别人聊天，我也要求自己句句幽默风趣清新脱俗，不能落了下风，最好能变成格言流芳千古。

闺蜜跟我对翻：“你想过没有，你怎么天天那样战战兢兢如履薄冰怕出丑，她怎么毫不在意？”

闺蜜一说这样的话，我就知道她又开始装大尾巴狼，要跟我探讨人生大道理了。

思忖片刻，便给出她标准答案。

因为我需要别人的抬举。换言之，因为缺别人的抬举。所以时时要把别人镇住，给这个世界看看我的颜色。她不一样，她爹的官从她记事起就比同龄人高。在她的心里，这个世界都是喜欢她尊她为大的。所以她不会张牙舞爪地向这个世界索要肯定。因为精神上没有这个需求。

闺蜜叹息：“是的，只有精神上不缺了，做人才能‘忘我’，才会自由自在。你说，像我们这样的，随时给自己踅摸机会，要用‘艺’压别人，那样做，真能得到我们要的肯定和尊重吗？”

当然不能。

因为你的心里纷纷扰扰杂念重重，别人感受到的只是你的矫揉造作和散发出的令人不悦的气息。

做人真难。

我的好朋友小艾曾经劝我：“你不要想那么多，自自然然地做人，简单一点，不是很容易吗？”

不容易。

小艾是那种心境纯净的女人，被养育的精神条件好，像一朵小白云。整天优哉游哉地飘，对她来说就是自然。就像女作家李娟，说出来的话，透着天真，让人快乐，如饮甘泉。

我们不同，我们已经掉进了污水池子，不可能心甘情愿地自然地在里面练习仰泳。要想办法跳离这个池子，还尽量少沾染一些污泥，就不得不琢磨一些技术手段。

有一种复杂，就是这么来的。

前些日子，我突然迷上了一种花花绿绿的服装，样式怪异像面口袋。有人给它起名：文艺范儿。

招摇了好长一段日子。觉得自己终于找到了适合的服装，自己的气质终于有了归处。

跟闺蜜聊天后，我福至心灵，对奇装异服的热情劲儿，过了。

我跟朋友说："从此恢复我之前的黑白灰蓝。"

朋友很诧异："这是受什么打击了？"

打击谈不上。只是突然明白了自己对那种怪异服装的热情是在表达什么心结。

那种衣服有什么特色？不管三七二十一先把别人的眼球吸引过来是真。做了一辈子自己理想中的含蓄、内敛、安静的淑女，一件衣服暴露了我的不甘心：原来我是这么需要哗众取宠和别人的关注，那惹眼的颜色和款式无疑是精神发出的尖叫。

一个人的内心若有问题，一张嘴便全是漏洞。没有想到，一个不小心，一衣一食，也差点成了镜子。

有时觉得自己的精神内部，就像《爱丽丝漫游仙境》里那个兔子洞。要去探秘一番，真需要足够的勇气：那个阴暗潮湿的角落里长着什么不知名的物质？那块大石头下面又压着什么神秘玩意儿？

最终，你找到一个千疮百孔、惨不忍睹的自己。

所以，大多数人的选择是，拿一块大石，永远压住那个洞口，以保证外面世界虚假的繁荣和精彩。

有时想想：不要再努力表演给这个世界看了。

从美学考虑，还是把自己千疮百孔的内心藏一藏，别老是有意无意地向大家展览。在没有调适好之前，越不为人注意越好。

要学王菲那样聪明有格调的女人：整场演唱会，除了唱歌，只说谢谢。

当然，事情总有例外。

像我那位可爱的同学。

像蔡琴。

不久前，我去看蔡琴演唱会。这个女人在场上跟大家互动得那叫一个嗨，话痨一般，可爱得不得了。据说，那样一种状态叫“从心所欲不逾矩”。

不过，经历多少人间事，经过多少次升华，才能达到那种状态。如果有一天，你到了那个境界，也许你自己会知道。

之前，你最好：静静地来，静静地去，静静地做事，切忌喧哗。

穷穷富富之排列组合

说奇怪也不奇怪，我读研究生时的小女生同学，那种“二代”占的比例比一般院校要高。当然，这是另外一个社会学问题，在此不做探讨。我想说的是：在那里上两年半的学，经济条件略差的话，没点心理素质还真是吃苦。

记得第一次发工资，我和朋友兴致勃勃出去血拼，各买回一条色彩斑斓的床罩，并打开铺床上，请同学一同分享喜悦。

富女 A 略带鄙夷地笑：“这不是那种典型的四菜一汤吗？”

我也大笑。可不是嘛。草绿色的底子，中间一簇大花束，四角分别有四簇小的。按如今的眼光看，实在不够有品位。

但我那时刚穿上军装，拿到一份高工资，跟贫家女嫁入豪门似的，兴奋劲儿还没下去。人若立意要高兴，所有的冷水都可以忽略不计。相反，打定了主意要烦恼，给你个女王当也是照旧。

朋友有点不悦：“她难道不懂得这叫刻薄没有教养吗？”

我仔细回味了一下，A 的笑确实有点尖锐。

后来相处久了，发现 A 实在是有点过于高贵。她眼里揉不下沙子，任何“不高贵”的事儿都让她难以忍受：谁晚饭舍不得吃菜，谁护肤品只舍得用郁美净，谁的秋裤还是妈妈自己缝的……都是她跟同类在一起时最为津津乐道的话题。我怀疑这些事实成了她快乐的主要来源。

也不都这样。

富女 B，是那种爷爷奶奶小时候都用保姆的家庭。她自己，也是被人尊着敬着长大的，反正是那种即使说“何不食肉糜”你也不觉得奇怪的女孩。

那次，我边把玩她的护肤品边说：“姐姐看看你用的是什么高级东西，也开开眼界。”B 甜甜地笑：“姐姐不需研究这个，别人擦了这样的护肤品也调和不出你那样的好脸色。”

我当然知道自己不是真的就吹弹可破倾国倾城之貌了，但多年以后回味这漂亮的话，不免感慨：无论说什么都永远照顾别人的感受和体面，这是怎样的一种修养和气定神闲。

看来，同样是富人，富的方式还是略有不同。

最近读红楼，读到贾母带刘姥姥逛园子那一章，又有了新的滋味。

话说贾母一行人到了栊翠庵，妙玉奉茶。给贾母用的茶杯，是一个五彩泥金小盖钟，当然是那种珍奇得不得了的东西，在当时也差不多是古董级别。

妙玉是没落的大家小姐，但气派比贾府的正牌小姐还大。

贾母待刘姥姥，闺蜜一般，吃完半盏，便递与她：你尝尝。刘姥姥一口吃尽，说了些外行话供人笑了一番。

吃完茶，妙玉就吩咐：那个小盖钟，不要了。她嫌这个贫婆子脏。

年轻的时候，我特别羡慕妙玉的“高洁”。高，是那种不把任何好东西放眼里、见过世面的派头。洁，是不染尘埃的态度。

四十岁以后再读这个桥段，却觉得：每一个修行的人，如果修出的全是这样的“高洁”，可就不是事儿了。

再来说说宝玉这个真正的贵公子。他是悲悯的，赔笑劝妙玉把杯子送给刘姥姥，让她卖了度日，否则白放着也是瞎了。

此时妙玉的回答惊死个人：幸而那杯子不是我吃过的，若我吃过的，就是砸碎了也不能给她。

无论年轻时还是现在，读到这里我总是卡一下，再一次试着搞懂妙玉的逻辑：刘姥姥用了你嫌脏也就罢了，你用过的东西，贫婆子咋就不能碰？这只杯子难道会穿越，被刘姥姥用过后，再回到过去的时间里去恶心洁净的你？

我不得不问了：一个人的潜意识里到底有什么，才会让她高贵得都没有逻辑了？

穷富，分物质上的穷富和精神上的穷富。

物质上的穷富，一目了然。而大家常说的穷富，也大多是这一种。

精神上的穷，指的是：一个人内心是“缺”的状态。反过来，精神上的富有，自然是自己觉得“不缺”。

排列组合起来分配到人身上，一共就有四种。

精神和物质双重富有。代表人物：贾母，贾宝玉。

精神和物质双重贫穷。代表人物：赵姨娘。

以上是两种较自然的状态，让人较容易理解的状态。

最让人玩味的，是另外两种。

物质上贫穷而精神上富有。代表人物：刘姥姥。

大观园里，她弄各种笑话给大家取乐，还配合着小丫头们出演被取笑的角色。鸳鸯给她赔不是，她答：姑娘说哪里话，咱们哄着老太太开心，有什么恼的。她满足，豁达，大气，不自卑，她心中一切都很了然。如果此时她想起自己的尊严来，那就是真穷了。

在英剧《唐顿庄园》里，司机先生娶了伯爵家的三小姐。每次下楼吃晚餐，他坚决不穿配合晚宴的礼服，牢牢记着自己作为一个劳动人民的尊严。一个人若认为自己的尊严需要维护，其实是在下意识里把自己置于了下风。

几年后，司机的哥哥去唐顿庄园拜访，固执地要和仆人一起吃午饭不上主人的餐桌。司机平静地跟哥哥说：我不允许你无视我岳母的好意。

看到这里，我感叹：司机先生，他终于在精神上不自卑了。他不再纠结所谓身份差别，而是更多地关注人与人之间的情意。他富了。

当然，最不容易辨认的，是最后这一种：物质上极致丰富，精神上却是“短”的，是“缺”的。

这种人，有一个最大的特征，那就是每碰到“贫贱”一点边，就忙不迭地跟其划清界限。一个人，在嫌弃什么的时候，被嫌弃的这个东西，一定跟他的生命扯着干系。

说到底，富有，最终还是指精神上的。

我们总想借由物质上的富有到达精神上的富有，但这两者之间的距离，比我们想象的远。

那些让你痛苦的事儿

朋友介绍给我一家卖女装的网店。

权且不说衣裳，我先被美丽的店主迷住了。

美丽里有妖娆，妖娆里有纯真，纯真里还有一丝知性。仔细研究她的嘴巴鼻子、眉梢眼角，也没有哪一处更特别一些。但不知怎的，就是有味！

那些样式像大口袋、颜色俗艳的衣裳只要一罩在她身上，像变戏法一般，让人觉得生活里全是美好。

她的营销思路很特别，除了卖衣服，她还对人进行精神引导：她有公众号，有微博，淘宝网页上也有她的碎碎念。内容包括她英俊的老公，可爱的儿子，还有她那浪漫的每月出游的生活。

我这半个学心理学的竟然被她催眠了。觉得只要买了衣服，人就会变得像网店图片上那样颠倒众生。衣服贵点就贵点吧。因为你买的不只是衣服，还是一种美丽的生活方式，以及附赠的无穷无尽的良好的自我暗示。

我很喜欢这个女人，也因为自己能真心喜欢一个同性而自我感觉不错。

抱着“苹果”，无论是坐公车、睡觉前、银行排队，反正只要是有闲，我都要点开网页，刷刷她那美丽的脸，看看她精致的小嘴里又吐出了什么莲花。

偶尔，还互动一下。

不知从哪天开始，我跟她有一点熟了。一熟起来，我便不知不觉地对她每天的生活开始反感：天天这么炫耀，瘾头也太大了吧。

后来，出版社约她出一本书。在她开始快快乐乐每天选出自己一部分文字贴出来的时候，我的反感达到了最高点。

我轻飘飘地跟家里人说：“她以为这个世界上什么好东西都是她的？没这个道理嘛！”

家里人淡定地说：“她终于挑战到你的优越感了吧？”

我研究生时有一位同学，长得也是相当标致。在她发现我的相貌不会给她造成威胁，而我发现她的聪明不会给我造成威胁时，便做了朋友，经常一起出双入对。

不知怎的，人在成熟以后交的朋友就没有一起长大的那样纯真。

一次，我先生开“一汽佳宝”去学校接我，被她发现，我就不开心了好一阵子。因为我之前一口一个“我家的车”，却没提过车型。

毕业后，因工作原因，迅速离开了那个圈子，跟她的关系，在心理上就慢慢地淡掉，好多年没联系了。

前一阵子，据传她的先生刚刚成了上市公司的老总。

我没太放在心上。什么事情口口相传，最后的样子总是邪乎得很，离事实真相谬之千里。

可没过多久，她开始在朋友圈频频出镜。且突然想起了我们曾经的友谊，不停地 @ 我。

我研究了一下她的照片：小黑裙精致剪裁，足以出席任何一种档次的聚会。手里拎的那个白色的包包，即使在照片里，我也看出那价格不菲。

我不屑：都什么年龄了，只知道追求名牌，书白念到肚子里去了。

这时的我，喝粗茶，着粗麻，跟一伙子文艺女中年混着，逍逍遥遥，自自在在，正是对自己的生活方式和品质颇为满意的时候。

没想到她不打算放过我，竟然打了电话来。

谈话被她引导着，不嘘寒，不问暖，话题直指双方的经济情形。我打了太极，她并没有探听清楚我的底细。她描述给我的，可全是一些生活细节：上海的洋房，英式下午茶，鞋子的数量。

我跟平时厮混的一位心理咨询师朋友说到此事，愤愤道："那天打完电话，我下决心以后不再联系她了。又不是怀念旧情，专门说这些有什么趣味？我跟她的价值观，真是相差太远了。"

我说得理直气壮。因为我真心认为：我现在过的是高质量的素净的日子，我更注重的是精神方面，我不要不好的东西渗透进来。

朋友提醒我："如果心真的素净了，何必生这么大气？"

……

很丧气是不是？原来不是因为周围的人不可爱。你所有的不适、不爽、烦恼，原因竟然全在自己身上。

再想想，也好。

幸亏在自己身上，你才可以大刀阔斧地对自己进行修改，才有解决的可能。不然，可真是束手无策了。

因为旁人在这个世上存在，没有义务保证你的舒适和幸福。

爱自己

1

近些年，那些心理学、灵性学书籍告诉了我这样一句话：人，要先学会爱自己。

因为，一个连自己都不爱的人，爱别人的质量绝不会高。甚至，根本是披了爱的外衣的挟持或者交换。

只有好好地爱自己，不缺了，自身即是一个完满，你的爱自然会满溢。仅仅那些溢出的爱，就足够你身边的亲人朋友受益。因这样的爱不需回报。这样你的人际圈子才会进入完美的良性循环。

2

有了这句护身符，那事情可方便多了。

做了半辈子乖乖女，动辄要看别人的鼻子眼睛，此后你尽可以请他们凉快着去，恭请自己在主角的位置落座。

好不痛快。

心情略有不妥就点开淘宝，给自己淘了一柜子廉价衣服。

逼他陪我到处旅游。

不要做饭，去外边吃，一家一家，各种口味，蜻蜓点水。

不收拾房间，物质世界不干净又何妨，心内干净才是上佳。

该写篇小文交稿子了……开玩笑！哪里能勉强自己？这种事情还不得遂自己的心哪。没灵感！当然不如多看看胡歌小哥儿更开心。

跟别人有了龃龉，再也不肯委屈自己动辄暗自思省包揽过错。当然自己好的，别人是坏的，自己有情有义，别人狼心狗肺。

差点就写出这样的文字：在这个肮脏的世界上，干净地活着。

我就用这样的方式，轰轰烈烈爱了自己好几年。

直到有一天，赤日炎炎，心内荒荒，午睡醒来，对着镜子，眼睛发直，嘴巴发干，面目呈现些微狰狞，活脱脱就是一个坐在洞底口吐枣核的裘千尺。

3

网络上有这样的问句：

如果你是异性，你会不会爱上现在的自己？

最跌宕自喜的回答是：想都不敢想！哪有那福气呀！除非上辈子拯救了银河系！

我对着镜子喃喃自语：去拯救银河系也比爱上镜子里的这个人容易些。

4

你知道了吗？

爱自己，不是放纵自己，不是喂养自己的欲望（欲望跟小孩一样见风就长胃口老变），是要爱上自己。

5

在任何一个场合（最重要的是你自己独处的时候），你都须是得体的美好的，自己最满意的。即使在菜市场碰到多年不见之初恋情人，也可以落落大方地走过去说哈罗，而不是没处躲没处藏，犹自怨恨自己衣着不够得体指甲不够干净头发不够清香，简直就是晚节不保。

君子慎独，最美好的样子是为了呈现给自己看。

这是爱自己。

朋友路过要来家里坐坐，吓得跳起来直呼你晚些到，简直是突击检查卫生嘛。

瞬间明白，这叫对自己的生活不满意。借别人双目，看到自己凌乱的人生。不体面，不足为外人观，却在这样的环境里活着，原来自己不值得被珍重对待。

客人来了，随时窗明几净。室内井然有序有生机，处处摆设尽显主人用心，每一件器物都充满情意。贫家净扫地贫女净梳头，景色虽不艳丽气度自是风雅。照样是贵气。

这是爱自己。

看到外教会溜着墙边走，怕自己听不懂他突然从口内喷出的一串奇怪的音符，这个情形须改善。因为那种姿势实在不美。

用刷微信的时间，多听听正宗的美音。专注。一个人专注学习的样子特别美内心特别幸福。不要急着马上变成女神可以把英语说得流畅且充满格调，也不要给自己找借口说学英语只是打发时间，不要骗自己这叫与世无争脱俗超然。

这是爱自己。

每天写一些东西。人活着就要做事。你看看哪个胖蜜蜂会说：富了，今天不用出去采蜜。

这是本能。

我的一个朋友说：“我不做事会发慌。为了不慌，我只好接着跳进名利场。我只能按我当前认为最有意义的方式生活。即使有了陶渊明的境界，还是跟做不做事无关。”

不是说一定要功成名就，干净利落做事的本身，就是一个人活在世上的最大的情意和最优美的姿态。

这是爱自己。

待人有礼。世间有一条法则：你最终会尝到你送给别人的滋味。待别人有礼是对自己最大的看重。

与人纠结，不能急着把原因嫁祸别人，他人那部分责任自是须他人担当，你要思省的永远是自身。如果老是得到“我只是太善良了”的结论，则永远没有改变此前糟糕境遇的可能。要把照妖镜的方向对准自己。

这是爱自己。

6

最后我想悄悄地问问你：亲爱的，这样高质量地爱过自己之后，有没有觉得自己仿佛是在污泥一样的世界里，出落出来的一朵不染纤尘的白莲花?

别人在你面前，会不会自惭形秽?

那你可就走火入魔了。

这个世界没有那么脏。

你的外面没有别人。

这点微妙，我希望你能懂。

嫉妒前来拜访

那天跟朋友闲聊，听到一位半生不熟的朋友在西方发达国家的富人区买了房子。

我快速收拾笑容往脸上堆，同时，心里一股怪异情绪袭来，与准备好的笑容赛跑，飞快往脸上蔓延。还好，笑容抢了先机，控制了脸部肌肉，我声音甜美：“真替她高兴！”

如果你是个细心人，一定能从我眼睛里瞅出端倪。

说这种话时，我一般是眯着眼睛的，显得特别开心。

因要掩盖一些东西，我的开心往往很夸张。是呀，假的就是假的，谁知道哪个尺寸最适度。

我替她高兴。

我承认这个世界上有天使，但那个天使不是我。如果能天天为别人高兴，这个世界就变成天堂了：每年有成千上万的天之骄子走进清华北大，你一定高兴坏了，自己的孩子去学挖掘机技术也无妨；美国四年一次大选，总有人能当选总统，那岂不乐得失眠，自己的媳妇刚被村主任欺负了也没事；天天有人挤进福布斯排行榜……

嫉妒前来附身，我特别沮丧。

嫉妒这个东西，太不体面了。人宁可承认自己懒，脾气暴躁，甚至承认自己坏（坏有时是魅力的代名词）……但都不肯承认自己嫉妒。

我也不傻。若问起嫉妒这个问题，也准备了标准答案：“我好好地过自己的日子，从来不跟别人比。”若对方是相熟的朋友，还嘚瑟着加上一句，“在嫉妒这个事儿里，本人永远是那个宾语！”

痛快是真痛快。

可是因为世界上有“相对”这个怪东西，你我都知道“永远作宾语”只是个意淫罢了。

至于“比较”这个动作，我们还是承认了吧。

社会心理学早就给出了你我都不喜欢的答案：人最初的冲动，就是将自己与周围任何一个人比较，以此来测量和认识自己的能力。

比较分两种：上行社会比较和下行社会比较。

如果你希望自己时时进步、升级，敢于挑战自己的舒适区（或者说为了跟自己过不去），你会跟那些社会地位、收入高于你的人比较，这叫作上行社会比较。

相反，如果你想让自己感觉自信，骗自己开心，你当然会跟那些吃不饱穿不暖的、生病的、社会底层的人比较，这叫作下行社会比较。

人最习惯的，是跟那些与自己教育背景接近，社会经历接近，交往比较多的人比较。

于是，嫉妒来了。

你也许会说：“我只跟自己的过去比，只要有进步就好！”听起来很完美，可是对不起，这跟下行社会比较是一回事。

这可如何是好？

谁要嫉妒了？又不是我请它来的，是毫无防备地被它附了体。

谁不知道这种情绪伤的只是自己的身子。人家那个“宾语”或许压根不知你心里正在进行的黑匣子操作。而且，你的这种情绪坐实了“他比你强”这个事实。如果唯心主义哲学也有一些合理性的话，你的这种下意识没准还给“他比你强”这个事实添了一铲子物质上的土！她竟然有可能在这个事情里受益。

停！

停得了吗?

它是一种状态不是一个动作好吗?

小时候，老师家长就这样给我们碎碎念的：不要嫉妒，要替别人高兴，这是美德。

真简单。

我也试过。

读书那阵子，我跟好友妍妍比得死去活来：比身材，比名次，比谁的头发长，比追求者的数字……然后有一天，她搞定了我们俩同时暗恋的男生，我铩羽而归。

尝过那种滋味，我觉得自己真的可以给嫉妒下定义了，那就是：自己失败了，也不盼对方好。

人生的唯一期盼就是：他什么时候甩了她?

那个时候，我受过的教育开始发挥作用：我试着把那种怪感觉吞下去，在心里开辟一间黑暗的小屋子，把它关进去，锁上，丢掉钥匙！然后，强迫自己执行淑女程序：祝福她，为她高兴。

我把自己骗了。我感觉还不错。做一个高尚的人的感觉真的很好。

前年，我写一个离婚故事。写到一半，我赫然发现描写的女主角就是以妍妍为原型……

原来嫉妒从未消失。

嫉妒这个东西，藏在人的潜意识里，像水里的气球一样，遵循严格的物理定律时时准备浮出来，需要很大的心力才能把它压下去，消耗了多少本该用于享受生活的能量。

我的好朋友小艾，有她独到的面对此事的方式，貌似为解决这个问题提供了一线曙光。

那天，她在我博客的某文章里俏皮地评论：我心慌地判断此文要上《读者》了！

我第一次看到这种别致的表达方式，一下子在屏幕这厢乐得喘不过气来。是啊，看到别人好事将近，总是比较心慌的嘛。

而这种貌似见不得人的“心慌”，一旦置于阳光底下，突然觉得那么幽默风趣，这种语文效果绝不是美丽的文字能达到的。

后来，“心慌”二字就成了我们朋友间表达欣赏对方文字的暗语，还发展出诸如“我要得心脏病了”“我已经心肌梗死了”“我死去活来好几次了”等升级版，大家咯咯笑作一团。

要接纳自己那个阴暗面。

嫉妒来了，好好感受下又何妨。美食的滋味权且有酸甜苦辣咸，情绪的滋味你又何必忙着只品尝叫作“幸福”的那一种?

试一试，哦，尝过了。然后，把它置于阳光下。

何必把它捂起来，任其在阴暗潮湿的地方滋生出你自己都预料不到的物质。太阳晒一晒，清风吹一吹，保不齐一下子就烟消云散了。

在微信里，我挺好的

我不知道大家都这样，还是这只是我个人的一个症状。在朋友圈，每发完一条微信，我都会借别人的眼睛一遍一遍地去体会它。当然，这个别人，是圈里我特别看重的人。

开通微信，相当于自己给自己铺块红毯子派自己做明星，独个在上面摇曳生姿，并在意念里颠倒众生。

那天，我心血来潮，从头到尾浏览一遍自己一年来发出的微信，看看自己到底炫出点什么花样。

出游。包括江南、阳朔、四川。当然，为了给圈里朋友一个交代，如今正筹划出个国。

一些似是而非的智慧句子。有原创的，也有改头换面剽窃别人的。如今要做女神，当然要有内涵有气质。而气质是什么变出来的？当然要往腹内塞些诗书充数。

美照。长袍大袖，文艺而知性，经过柔光处理，连自己的妈妈都认不出来。

有时，我还会放上一些搞怪的丑照片，只有一盘野菜一个大馒头的晚餐，以及偶尔的自嘲，以免聪明人看出我真正的居心。

不过言下之意还是很明显：本人，生活惬意，有智慧，有美貌……

看到这里，我开始流汗：人人都要“脱俗”给人看，所以“俗”了。

其实，如果一个人的生活真的是美得冒泡泡，乐都来不及，要招别人嫉妒这个事儿（据说中国人大都在从事让人嫉妒的伟大事业），一般就乐忘了。就算想起来，也会心存敦厚。是呀，自己幸福了，就特有心情希望别人也幸福。

但若是自己不肯定自己的生活，当然就希望别人来肯定一下——退而求其次也是好的。

真的生活，仿佛并没有微信里呈现的那么美。

就说旅行这件事。

在经济比较拮据的时候，一场说走就走的旅行是我的梦想。有一点小钱，有一点小闲，穿上美衣，行走在天地间，无论书还是影视都暗示我们这是一种比较上档次的生活方式。

可真的去实施的时候，我发现并没有那样旖旎浪漫。

怎么说呢，这简直是我的一个不能出口的秘密。

有文化的人都口口声声诉说着自己如何在旅途中心情饱满，如何心灵自由，如何有精神上的收获。难道我肯承认自己不是文化人？这辈子没有名没有利，必须要抓住“文化”这俩字，如果可能，我愿意把它贴脑门子上支撑自尊。

可我在人文景点，穿行在如潮的人流中，我心中涌动不出跟景点配套的人文情怀。如果强迫自己去酝酿……又不是为了考试，何必这么不自然。

人人都说美景能陶冶人的心灵，能暂时让人放下现实的枷锁，可自然景点对我也不灵。逃开自己需要面对的问题，我心情并不轻松。

住在风景秀美的青城山，躺在床上。外面是微风，细雨，薄雾，满眼的青翠欲滴。这样的情境该是做了神仙也不换吧？不。平时，你可以用忙碌对抗那些你不愿面对的不想面对的或者干脆当它不存在的事。现在好了，你终于被它俘获了。

老树在漫画中配诗：何时了却身边事，空山独坐到五更……请注意顺序。空山独坐，不是了却心头事的方式。只有了却了心头事，空山独坐才具真正的魅力。

我兴致盎然地实践着大家认为幸福的生活方式，心里并没有那么幸福。把这样的东西放在微信上，让别人以为我是幸福的，才是事情的最美妙之处。

再说那些貌似智慧的句子。

不知从哪天起，我变得特别喜欢读一些哲学的书，苦苦思索，然后约人来纸上谈兵。

我当然清楚这肯定不是因为我天生比别人高大上，而是因为我生活里比别人多了困惑和解不开的难题。如果你有过困惑，就会知道这个词听着高级实际并不好玩。有困惑，就需要寻求答案自救，那些话就是这么来的。

而之所以把这些话写下来，主要是因为那个“惑”还没有“释”，否则，拈花微笑就可以了。

于是顺水推舟，化腐朽为神奇，用困惑帮自己刷一下存在感，用困惑显得自己与众不同。

不同就是好的。谁甘心自己就这么一辈子沉沦于灰色的芸芸众生之中。

至于上美照，我想每个四十拐弯的女人都会有我这样的惶恐吧。

据说，年轻时美貌的女子老了反差就会格外大。可你以为我们这些姿色平庸的，对变老就那样浑然不觉？

年轻的时候，抢不了风头，劝自己：不着急，少女的时候虽不能脱颖而出，或许忽然有一天，“P”上才华、气质，风水总有转到我这里的时候吧。

怎么也不肯相信：自己这辈子还没做一次主角，就全过去了。而且，美女长成美老太太，丑女长成丑老太太。

不甘心。墨镜，“P图”，远远地，姿态妖娆，催眠自己也催眠别人：还早着呢。

如果评论里有不和谐的噪音，立即得出结论：她嫉妒我！

……

看到这里，恍然大悟。

我发现：微信里精心呈现出来的美好，恰恰是生命的缺失、遗憾和漏洞。

那些大段大段声情并茂的句子，到底是要说服别人还是为了说服自己？

有时候，生命中的事情，反着看，反而更接近真相。

好日子或苦日子

心血来潮，我总会拉住好朋友，绘声绘色地向对方描述我十几年前的一段日子，是文艺版、煽情版还是普通版全看我当时的心情。说完以后，便悄悄观察对方的表情，并与我预期的结果进行对比，看看有什么出入。

那年我歇完产假去上班，发现岗位被一位新来的领导亲戚挤掉，下岗的风险一下子摆在眼前。

我从小不是按公主的标准养大的，所以既不敢拍案而起，也不敢拂袖而去，只是不知所措。

那位领导看我可怜，便好心地在保卫科给我谋了一个位置。我听话地去了。我跟领导的心就都有了着落。

对我这种脸皮不算太厚的人而言，跟那些姐姐们教我的“天天跑领导办公室去哭并天天去他家吃饭”相比，这种选择更有可操作性。领导则是既办了坏事心里也从此不用愧疚。

我那会儿跟一个五十多岁的老头，天天一起坐在公司的大门口。到了夏天，办公地点便挪到大杨树下。我晒得手黑脚黑，脸上也跟树影一样斑驳。看领导的亲戚袅袅从我面前走过，心里羡慕得像看到皇室的人出巡。

一次，碰到一个半仙，去我们公司买钢筋，凑过来对我恭维道："小姑娘，看你印堂发亮，将来的命运不会太差，是可以去坐办公室的。"

呜呜……能去办公室，在我的人生里，就算抬举了是这个意思不?

先生毕业于一所体面的大学，同学们大多就职于研究所或者各个大学。我心虚地问："你们同学要问你老婆在做什么工作，你如何应对？"

他豪迈地说："我大不了还说你在财务科吧！"

当然，他自己也好不到哪里去，踌躇满志辞职出来快三年了，生意依然稳赔。

存折上的数字只有四位了，且千位上的那个数字已经没有下降空间。无奈，我们退掉所租房子，全家搬到我妈妈那里。五十四平方米的房子里，住着：我爸，我妈，我二妹，我们一家三口。

以上的版本接近煽情版。

每每听完我的故事，坐在对方的人脸上总是会露出三种表情：悲悯，敬佩，或者是两者的混合。最后那种最是气象万千稍纵即逝。感情强烈的还要配合上拍大腿的动作，感叹一番。文艺一点的说法：我们曾经那样度过生命中最长的寒冬；现实一点的说法：我们的生活就是一部励志剧。

无一例外。

引得我最后总是哧哧地笑，可见大家多么容易陷入人造的戏剧氛围。

真实的情形并不是这样的。

我们那会儿确实要付不起房租了，但那年小妹正好上了大学，腾出一小间房子，我们就理所当然搬了进去。

这是我们结婚后初次住进有暖气的房间。

一岁半的儿子发现可以在冬天穿一身秋衣秋裤，兴奋得非要躺在地板上睡觉。

先生的生意虽然没有起色，但每个月总会拿回一些可怜的生活费来。给我钱的时候，豪爽得像一个土豪：“媳妇，去赶集吧，想吃什么买什么，去血拼吧。”

至于我看大门的工作，除了脸皮薄，怕碰到熟人之外，还是蛮开心的。

话说，我和跟我搭伴的半大老头，每天的工作是这样的：一人一份报纸，读完了交换。然后，他骑自行车绕库房一圈。再然后，我骑自行车绕库房一圈。再然后，就开始热午饭了。

我妈将我的午饭准备得很丰盛。最具代表性的是一饭盒茄子炒青椒，上面再塞上两只鸡腿，或者两块大排骨。家里只有我爸一个人的退休金，这样的日子也不知我妈怎么变出来的。

然后，跟半大老头聊天，他经常逗得我前仰后合。

说了这么半天，我想表达的是：朋友眼里的“苦日子”，在我看来，好像，并没有“苦”到别人想象的那个份上。

因为那时的我，并不知道自己以后会考上军校的研究生。那时的他，也不知道自己的生意会慢慢趋向稳定。这样水准的日子，我们是有可能过一生的。

换句话说，那会儿我还是刘姥姥，不知道自己会变成贾母（当然这个比喻有点过。现在充其量算是拿到贾府周济银子后的刘姥姥），所以小心灵还没有变得那么弱不禁风，要多皮实有多皮实。

谁会天天跟自己过不去？当然能有本领变出一套价值观，说服自己眼前的日子最幸福最合理。换句话说，自然是怎么乐怎么来。

不过，要是已经领略过贾母的日子，再变回刘姥姥的生活，事情会怎样？

这样的一件事里仿佛含着一个幽微的哲学问题。

刘姥姥和贾母，谁的快乐来得更容易一些？

前些日子，我读了陈思呈的一篇文章，文章题目忘了，但有一句话，被我奉为经典：我还可以活得更“×丝”一些。

我觉得这句话里有说不出的智慧。

你只能像妙玉一样把自己放到云端，还是可以跟刘姥姥一样躺在阴沟里也无妨？

这是生命个体的一种能力，跟你的真正的外部世界无关。

你不觉得躺在阴沟里抬头看天，世界更高更广阔？也就是说，你拥有了更多快乐的可能性？

所以说那种日子并不可怕，可怕的是你怕那种日子。

还记得刘姥姥进大观园的故事吗？

贾母为什么那么喜欢刘姥姥？比较大众的解释是：刘姥姥的存在反衬了贾母的幸福。因为幸福是需要旁观者的，而刘姥姥扮演了这个旁观者的角色。

我却在这段情节里读到了另外一层意思：刘姥姥何尝不是完成了对贾母的救赎。

智慧如贾母，不是不明白富贵如浮云这个道理。如果有一天，贾府败落，沦落到社会底层，她贾母，最次也不过是像刘姥姥一样生存吧。而刘姥姥，这样一个鲜活、生猛、有生命力、快快活活的存在，是不是传达给了贾母一种崭新的生命体验？

好日子，苦日子，都是人刻板地定义来的吧。

淡 泊

前些日子，几个江南朋友北上旅行。我一时兴起，便加入她们，到北京会合，一起逍逍遥遥奔往坝上。

这是一伙趣味相投的女人：不涂脂，不抹粉，不奢华，不争，不抢，统一着低调朴素的棉麻衣裙，一个赛一个脱俗。

那天晚上，我们都喝了点酒。人在草原上，心放得也开，躺床上挤在一起，打算一本正经畅谈一下人生。

当时的情形看起来很滑稽。

叶子抛出一个话题，问大家到底对名利怎么看。

这还用问吗？请看我们的气质，那里边写着答案。

我们都是一副这样的派头：虽然天下人熙熙攘攘争先恐后多数变成这两个字的粉丝，我们对它却是视而不见的。甚至有点像对待病菌的态度，避之唯恐不及，生怕它玷污我们作为一个上士的清高。

好像名利是只鬼，无处可去，随时要向我们扑过来附身似的。

也许是喝了点酒，身上无形的绳索啪啪地解除，我的人变得自由自在，说话也开始天马行空：“我觉得，名利是天底下最性感最美丽的东西，有了它，你便可以很方便地拥有其他你喜欢的东西。”

叶子逗我："它能换来感情吗？"

我笑："难道没有名利的人拥有感情更方便？"

阿瑞对我嗤之以鼻："你不是最欣赏采菊东篱下悠然见南山的淡泊高士吗？还给自己起个笔名叫采菊。"

"那是骗自己！"我说："名利是好东西，但得到它的姿势会有点不好看。其实姿势不好看我也能忍，哪里那么娇气。关键是姿势不好看了也不一定能抢到，这个风险我就不愿意去冒了。于是我告诉自己我淡泊。淡泊在精神境界上是高的。在物质上若有所失，当然要在精神境界上做文章来弥补。"

"我心中最理想的情形其实是这样的：在态度上淡泊它，客观上最好还能得到它。说心里话，活了大半辈子，也尝过不少东西，就是不知道名利是什么味。是麻辣，还是清甜？就这么一场人生，谁不愿意什么都试试。"

"而且，更重要的是：我们天天摆着淡泊的姿势，淡泊之前不拥有它，淡泊之后它也不来，是不是显得有点可笑呀！"

有些好朋友经常劝我，别净是讲这些二百五的话糟蹋自己。没事了就拿个小手术刀对着自己乱解剖一气，结果发现自己五毒俱全，十恶不赦。

我不这么认为。

你不能在心里开辟暗室，把那些你不喜欢的不愿面对的对自己不利的都一股脑儿堆进去，大门一关，暗锁一下，外面倒是干净体面了，可你那些无名抑郁无名烦躁是从哪里来的？

相反，没事了应该经常打开那个小屋，把里面一些东西揪出来，太阳一晒，成了齑粉。风一吹，散了。

从此，你才得真正自在。

阿瑞问：“你的意思是说这个世界上压根就没有淡泊这回事？”

我说：“倒不可以下这样的结论。我觉得这世界上有真淡泊之人，但我肯定，这个人不是‘看起来很淡泊’的那个。这个人应该只是平常模样，这样的人会淹没在人群中，你不会注意到。”

……

突然想起金庸老先生所著《神雕侠侣》。

在结尾处，有一段有趣的情节：大家推选天下五绝。黄老邪等人想逗一逗老顽童，便在各个一流高手都有了自己的席位之后，提议将黄蓉列为五绝之一，压根儿就没有提老顽童一个字。

谁知老顽童天真烂漫，胸中没有半点心机，他痴迷的是武功本身，永远只是一个字“玩”。至于席位座次、江湖地位，他根本不知道那是什么意思。

他对黄老邪等人的提议竟是浑然未觉。

一辈子傲气的黄老邪这次真服了，笑道：“我黄老邪对‘名’淡泊，一灯大师视‘名’虚幻，只有你却是心中空空荡荡，本来便不存‘名’之一念，可又比我们高出一筹了。”

也是。

如果胸中根本没有“名利”这两个字，你“淡泊”的又是什么呢？

在这个聪明的世界里，笨笨地活着

聪明实在是一个值得推敲的词。

在聪明——愚笨的坐标系里，抱着那根竖直的坐标轴，抬头望，爱因斯坦牛顿加一大串光鲜亮丽无名氏。低头瞧，又是一大串面目模糊加上先天不足者。

如果把全人类都算上去，每个人瞧见的风景，大致都差不多罢。

当有人夸你“真聪明”的时候，大约是指，你的位置居于坐标系的零点以上?

真含糊。

但不影响一个人觉得自己特聪明。

可能是我的家人无师自通心理学，我就被暗示成了一个聪明小孩。

不用掰手指算出十以外的加法，背一首长一点的唐诗，唱了一首跑调的歌，都能得到大力的掌声。

我的人格就此塑造完成，开始聪明给他们看。

其实无非就是在农村的小学里显得伶俐些，初中的成绩足以上任何一所高中，无须父母在升学的时候抓狂。

到此时，我家人的朴素鼓励教育对我而言，让我在这个世界上生活得非常方便。我对应试这一套很熟练。而这个社会的系统设计就是便宜着这样的人。

可事情永远不是只有一面。

大多时候，“优越感”是“聪明”的标配。尤其是一个“对自己的聪明很自觉”的人。

如果聪明能让人方便，优越感则不然。

有优越感（聪明产生的那种）是什么情形呢?

要达到同样的目标，需要比别人省事些，否则就觉得吃亏；付出同样的努力，必须脱颖而出，否则会郁郁不乐；天生就觉得自己比别人强（爱情婚姻家庭……），什么都该有最好的，至于为什么，也说不明白；看到任何自己在意的领域里比自己强的人，总觉得对方在耀武扬威；特别不喜欢有优越感的人；对任何自己不熟悉的事物，下意识地持贬低的态度（这是维护自己优越感的一个强大的保护机制）；形象点说，就是建筑一圈坚固围墙，自己在墙内骄矜自持。若是墙外有桃花、杏花等崭新事物探将进来，立刻打个稀烂，当它不存在。坚决维持自己臆想的坐标系中，派给自己的那个较高的位置！

这是我三十岁之前大致的生活情态。

金庸作品里讲：若是中了剧毒，七步之内，必有解药。

我的解药与我甚至不到七步之遥。

我儿子。

这个孩子跟我太不像了。

天生不要强。

每次去接他，总是最后一个慢悠悠出来；若是一个人回家，在路上玩来玩去，踢踢石子，研究下青苔，逗逗蚂蚁，十分钟的路程要用半个小时。我同学有一次碰见，赞叹：颇有老庄之风。

我暗暗着急：老庄谁都可以做，出人头地才难。

我特别特别奇怪，为什么这孩子，还没占据优势地位，就开始在这世间悠游。我估计他也特别奇怪，为什么妈妈非要压过别人，才能松一口气。

他的困惑应该更有道理。

好在，我是一个溺爱孩子的妈妈。也就是说，虽然我千不甘万不愿，终究还是不肯对他颐指气使，破坏我们母子相处时那珍贵的快乐。还有，这个“普通”，从我儿子身上体现出来，我又觉得可以接受甚至觉得有一些可爱了。

经由儿子，我试着把“优越”和“不优越”做一次调和，努力模糊两者之间的界限。

并第一次意识到，优越可能只是一个症状，而不是一个优秀人配套的特征。

一次，跟一位老师诉说我跟孩子的心理状态。老师说，你儿子只需一个馒头，就饱了，于是很快乐。你需要十个馒头，才能很快乐。你觉得那九个馒头的差别，是你的优秀呢，还是你的局限？或者说，是你内在的缺失？

是从这句话开始醍醐灌顶的。

这个时候已经四十多岁了。

维持优越感确实曾经让我暗自用力，得到过超出平均值的馒头，但是成本呢？

就说当下我正在进行的英语学习。

如果有同学比我说得流利，出了风头，我会心烦意乱；如果一段时间过后，效果不佳，我会心烦意乱；坐在电脑前学习，分分钟对我来说都是煎熬，心烦意乱计算着产出和成本的比率是否合算，是否符合一个聪明人的行为模式。那个“我要的结果”折磨得我痛不欲生，几欲放弃。

先生在合适的时间说出合适的话：你忘了《道德经》所言，绝圣弃智、绝巧弃利吗？

说来也怪，《道德经》我也读了多遍，这个时候“绝巧”二字就那样通顺地到达我的心里。

也许这就是佛家讲的机缘？

那天晚上，我试着训练自己，放下“智巧”二字。

效果神奇。

心静了。

原来这种感觉不是自暴自弃。

反正我是笨的，是拙的，所以我不急着出落出来。就这样傻傻地学，用比别人更长的时间，看看它能呈现给我什么妙处。如果没有也无妨，反正我是傻的，是笨的，没有也是应该的。

因是傻的笨的，那就好好地跟英语玩一玩吧。可能没有结果，那就好好体会一下过程，把自己融进去。不急着驾驭它，驾驭是个粗暴的动作，只是，跟它乐一乐。就像儿子在放学路上的悠游。

我第一次体会到了“笨拙”的妙处。

有那么一个瞬间，我真切体会到了，这个不明所以的优越感，只是捆绑在我身上一根无形的绳索。它阻碍我获得物质层面的进步也就罢了，可如果高墙外的世界才是“大自在”呢？

桂花的香和菱角的香

我和先生同时对心理学感兴趣，都是半瓶子醋的水准。空余，我俩经常切磋一下应对某种情感障碍的招式。多数情况，我会略胜他一筹。某次，读了张德芬的一本书，发现他的处理情绪的方式竟然跟专家不谋而合。

他呵呵地笑：我就说你不行吧。你虽说是性格单纯些，脑子纯净些，就像那种电脑，虽然缓存里垃圾少，但配置太低。我自己吧，虽然复杂些，只要注意时时清理下就比你强，我悟性好呀。

我似笑非笑地盯着他说：我此时最感兴趣的是，发现我不行，怎么把你快活成这个样子？

他不以为意，依旧乐得刹不住：不发现你不行怎么能知道自己行。人当然是佩服自己的时候感觉更好。

我又何尝不是这样。

记得第一次读钱钟书的《围城》，我也是躺在沙发上呵呵地乐，如得了知音一般。那感觉，仿佛是把自己送到一个从未有过的高度，跟钱先生并肩站在一起，嘲笑世人。

后来，又读了一些宗教类的书籍，猛然又发现：这个钱老，讽刺世人忒刻骨了，是不是多了些刻薄少了些敦厚和包容？意识到这一点，自我感觉更好了！我倒是没嫌弃自己写不出《围城》那样的作品，但只要发现别人某个方面没那么完美，心里就有一种见不得人的快乐。

前些日子，看某公众号上推出一篇文章，大意是：别人的生活没有微信上看到的那么幸福。文章作者是一位心理医生，她能看到她的一个病人的假日图片：一家三口，巴厘岛，碧海蓝天，岁月静好……事实却是：女主角在她这里看病已有一段时日，她的先生对她进行长达十年的语言暴力。她永远重复一个噩梦：扑过去掐死他。

言下之意：别人的生活里也是有苦难的，被掩盖了而已。你可以开开心心地过你的日子，不要瞎艳羡别人了。

看起来像是一篇鸡汤文，但推敲起来总觉有点不妥：他人生活得没有那么好，你才可以开开心心地过自己的日子？

生活里，相信这样的话你会经常听到：别看他那么有钱，儿子是纨绔子弟；别看他孩子留学美国名校，两口子都生病时你再看，到时候儿子是出租司机的都比他强；别看她那么光鲜亮丽不从事社会生产，伸手向老公要钱时的心情你未必能体会……

每个人都有本事量身定做一套价值观，而在这样的价值观里，他自己的人生最合理最美满。

《红楼梦》里，夏金桂挑剔“香菱”这个名字：菱角花谁闻见香来着？若说菱角香了，正经那些香花放到哪里去！

香菱天真无邪，解释道：不独菱花，就连荷叶莲蓬都是有一股清香的……就连菱角，鸡头，苇叶，芦根，得了风露，那一股清香就令人心神爽快的。

金桂道：依你说，兰花桂花倒香得不好了！

读到这里，恍然大悟：原来大多数人心里，都住着一个夏金桂。都觉得自己是桂花。别人也香，那怎么可以！岂不是就显不出桂花的香来了。

在真的生活里，我们大都愿意派自己做夏金桂，因为那样自我感觉良好。但从来没有想过：香菱眼里的世界，更宽。

自觉

那天看电视，不小心翻到了某卫视播放的琼瑶片。女主角正矫情地喊着：“我不许你再胃痛了。”依然是老风格！看得我笑了半天。但不知怎的，我还是相信：同样的台词若出自年轻的林青霞口中，会自然得多。

琼瑶剧本每每播放，总是遭网友痛批：审美标准下降了。荧屏上一群莺莺燕燕，鼻子是鼻子眼睛是眼睛，化妆技术更胜从前，跟第一代琼女郎林青霞比，到底差在哪里呢？

不难发现端倪。

那个时候的林青霞：浓眉，秀目，眼神里一点点茫然，一点点失落，一点点泪光，一点点忧郁——她不知道自己漂亮。亦舒就曾经赞叹：这样一个女孩子，美成这样子，却完全不自知，因此更动人。

如今荧屏上的女主角，她们太知道自己的漂亮了。她们从小练就各种技艺，考电影学院，要做赵薇。她们知道自己什么角度最好看什么姿势最撩人，她们知道自己的模样是干什么用的。

这个“知”与“不知”，差别微妙着呢。单从效果上看，前者是落了下风。

另有一次，我看到一个征婚节目。

男士正向心仪的女士做最后的告白。也许是为了让女士更多地了解自己，他讲了自己一个故事。

他有一个前女友，一个特别的原因，前女友和他的好几个哥们儿发生了误会。前女友很委屈。为此，他和那几个哥们儿都翻了脸。他对他的前女友说："这个世界上，除了我，没有人可以欺负你。"

故事讲到这里，这哥们儿哽咽起来……男儿有泪不轻弹，呀，他被自己感动了。

正站在对面的女士尴尬不已，不知该戴一个什么表情的面具配合他：要不要跟着流点眼泪呢？真纠结。

我又忍不住大笑一场。权且不提男士给女士讲这样一个故事是否合适，我觉得好玩的是：每个人，都在做着自己认为对的事情、应该的事情，态度上该是淡定的。

感动，那是别人的事儿嘛。

我的一个远房表嫂，每次来我家串门，跟我妈聊得最多的是她如何对待她的婆婆："我从头到尾想过，我只让别人对不起我，我不会对不起别人，咱使不出来呀！他奶奶，嫌我生的是女儿，月子里没露一个面，孩子没给我带过一天。可她最终到底享了谁的福……"

我妈第N次称赞她懂事，我则在心里第N次想，《菜根谭》里有一句话怎么说来着：为恶而畏人知，恶中犹有善路；为善而急人知，善处即是恶根。

自己觉得自己特善良，这是一种什么情绪？

中文里有很多代表美好的词：美丽、多情、善良、贤惠、宽容、大方、仗义……最理想的境界是：即使别人赞不绝口，而秉持这些美好特质的主人自己并不自觉。

一旦他们自己开始发现并执着于这一点，这美好的东西便是打了折扣，掺了渣滓，甚至走向了美好的另一面，呈现出一种向这个世界索要的姿态。

四十而不惑，谁能？

朋友劝我：“趁现在清静，赶紧去拿个博士学位。四十多岁戴上博士帽，多酷。看看人家国外，八十岁还有去读博的呢。”我把手臂摇断了似的反对：“不了，要看什么书，我自己会选，何必去学别人指定的东西。有没有弄懂，我自己心里清楚，何必把懂不懂的鉴定权拱手交给那个叫作导师的人。”对于那些老学霸，我真的很尊敬，敬而远之，那样的人生仿佛不适合我。

说也奇怪，人生一过四十，立即失去了那种争强好胜的劲头。是血管里的那种属于年轻人的激素减退了呢，还是因为传说中的不惑?

之前的人生里，看得无比重要的东西，慢慢地淡然了。

比如说相貌。

曾经遗憾自己不是貌美如花。如今觉得这中人之姿反倒非常合适，即使再丑一点也无妨。因为这样的一种相貌有着很大的弹性。生活方式节制些，保持清瘦，再在腹内塞几本诗书添些气质，完全可以凑一个中上品。如果不想费事，就那样面目模糊地活着，也相当舒服自在。更重要的是：美貌并不会给人生寻觅幸福添加任何方便，有时反倒是一种障碍。更有甚者，到了中年，发现早年的美女们相貌呈现颓势，越来越淹没在我们这种普通人中，真是做梦都会笑醒。

再比如所谓的事业心。

先说一个故事。释迦牟尼有个名字叫周利盘陀伽的弟子，呆头呆脑，连一句简单的经文也记不完全。一天，佛祖对他说："喂，你脑袋不好使，经文不记也可以，以后你就扫地好了。"于是周利盘陀伽按佛祖的吩咐日夜扫地不辍，一天突然开悟，成就大道。

年轻的我要是那个弟子，一定得跳起来："扫地，你开玩笑吧。"我那时真是傲气。某件事情要是别人也做得来，我都不屑为之。二十多年，在社会这样庞大的体制里，聪明地跳来跳去，消耗着教育资源，并寻找着能将利益最大化的舒服位置。如今，回头一看，一塌糊涂，并没有活出所以然来。也许埋头扫地来得更实在些。所以，现在对所谓事业的淡然，不是内心尖叫表面不动声色的那种淡然，是真的释然了。

那种自己想象中的优越感，没有也罢。

一旦想开，你的孩子就不用再背负"完成你未完成的夙愿"的压力。你自己憋屈了，孩子没有义务帮你出净胸中恶气。他只负担他自己的人生即可。是在仕途上春风得意，还是当腰缠万贯的亿万富豪，还是在清扫车上自在地吹着口哨……各种滋味，他尽可以自由地选择。那是他的人生。

不再听谁谁家的孩子上了清华北大，就惊跳起来。也不再心急如焚却口是心非地对孩子说我看好你。那都是加诸孩子虚伪的技术手段。等你的内心真正云淡风轻了，你就会发现孩子怎么这么可爱，这么敦厚，这么有不忍之心。你这颗对孩子真正欣赏的心，孩子一定能通过特别的途径捕捉到，还需要说什么多余的话。

再回到博士这个话题上来。

中年以后，我觉得最大的改变，就是不再寻求外界的承认。官职、财产、学位，这些几乎都成了每个个体的标签。但人过四十，终于慢慢发现：即使拥有了全世界，也填不满你内心深处某个缺失的黑洞。人的内部，也存在着一个未被唤醒或者说我们没有关注过的世界。光忙着在外面证明自己，忽略了自己内部发出的求助的呼声。从此以后，静下心来，听一听，看看除了努力让自己符合主流的价值观，还能做些什么。看看自己的外部世界和内部世界，能不能有一个完美的平衡点。

一个年轻的小弟问我：“姐，没有冲劲的人生还有意思吗？”

有意思。

一个朋友，曾经嗜烟酒。他对那些不沾烟酒的男人不屑一顾：“不抽烟不喝酒，活着还有什么劲？”

后来，因为健康原因，他戒了烟酒。他说：“烟瘾酒瘾，没有了，反倒拥有了之前想象不出的自在。”

是呀，那是欲望。那些喂养欲望后的满足，不是真正的快乐。

欲望是束缚在我们身上的绳索，哗哗地解掉后，剩下的只有——

自在。

内心的漏洞

老早以前，有一段时间，我一看某卫视的某个答题节目就别扭。那些“知道分子”们，现场抢答有关政治、历史、地理、音乐、体育、明星等等常识性题目。开场前，还有一场气势上的PK，意在心理上把对方击溃。看那情形，俨然是两大武林高手在做华山论剑前的准备。

每逢这个时候，我嘴里的薯片也不香了，锅巴也不脆了，扭身去卧室看小说。先生和儿子仿佛没有我这种情绪，看完节目还没心没肺地跟我汇报：“好厉害，今天一选手将题库都答穿了！”我瞥他们一眼：“何必长他人志气灭自己威风，知道王菲唱过什么歌西班牙的首都在哪里至于那么轻狂吗？”

要说我也不算是那种见什么什么不顺眼的人，最起码，我的“宽容度”也达到了人类的平均水平以上，可有些事情一入眼里，怎么仿佛跟人家有仇一样？

先生沉吟半晌，喃喃自语道：“我明白了，只有大小姐你才有资格在那种地方轻狂。”

一剑封喉。

他说对了。我小时候中过鲜花掌声的毒，如今毒瘾发作，自然看不了别人在我眼前耀武扬威。

我单位有一美女 A，长得既清纯又妩媚，眉眼之间颇有舒淇的影子。人家还特会来事儿，老总稀罕副总爱，做着一大把男人的梦中情人。她对自己的魅力很自信，遂在打扮上越发精致。美女 B 最看不惯她，见她一件新裙子上身，偷着拧我的胳膊：“瞧她那小三样！”

说心里话，我对那种把人生重点放在“如何吸引男人”上的同性并无恶感。因为人的精力是有限的，她天天想着怎么漂亮了，反倒没有心思来跟别人钩心斗角争别的好处。太爱美了，丑事不能干，丑话不能说，倒是蛮随和的，便劝道：“你管她呢，她又没有勾引你老公。”

美女 B 对我的回答很不满意，对我一瞅再瞅，开始质疑我的道德水准。

我被她瞅得有点上火，暗想：“单位里前些天出了个贪污犯，倒是没见你义愤填膺。”

中午餐厅里，一伙男同事跟美女 B 逗着玩，我看她也很是受用。不禁恍然大悟，她看不惯 A，是怪自己吸引的男人没有 A 的档次高。

《红楼梦》中，黛玉小姐也是个不饶人的，冰雪聪明。这个世间，只有她说别人，没有别人说她的道理。

妙玉就敢刻薄她。在栊翠庵吃茶，因黛玉没认出烹茶的水，妙玉就说她：“你这么个人，竟是个大俗人，连水也尝不出来……”

好玩是，文中并没有描写黛玉被刻薄后的不爽。这不该是黛玉的心性呀。

后来我慢慢琢磨出味道来：风雅本是黛玉的强项，在这一点上，不是别人轻易打击得了的。黛玉有资格大度。听到这种话，她不疼。

可到了周瑞家的送宫花那个桥段，黛玉的表现就有失贵族小姐的水准。她不看花的样式不先说谢谢，却问：“是别的姐妹都有还是单送我一个？”周瑞家的说：“别的姑娘都有了，这是给姑娘的。”黛玉：“我就知道，别人不挑剩的也轮不到我。”

黛玉寄人篱下，也许她有理由多疑。

我们的眼睛不是高像素的录像机，不可能摄入外界的每一个细节。那些入了我们眼的，让我们愉悦的，使我们懊恼的，一定跟我们自身相关。

内心有漏洞，这个世界落入我们眼中，才会千疮百孔。

风景这边独好

儿子要上高一了。该选择一所什么样的高中，着实令人纠结。我马不停蹄地出去喝茶，吃饭，征询各色人等的意见。

我师兄的孩子去年上了本市最好的一所中学的重点班。如今，他的快乐依然余音袅袅："我跟你说，当然得让孩子上国内的高中。虽说是吃些苦，但是别忘了，这种锻炼对培养孩子的毅力多有好处。人生本来就是苦的，逃无可逃！"然后他又慢悠悠地劝我，"别相信什么国际学校！都是成绩不好的孩子，天天比阔斗富。据说上了国外的野鸡大学，也就培养个方鸿渐。有的孩子回国后，英语都说不利索，倒学了一口粤语。"

我去参加某个国际学校的联谊活动。不对呀。人家今年的毕业生里，本市孩子进入世界排名前二十大学的就有十来个。孩子们小大人一般，温和有礼，落落大方，生机勃勃，脸上不见菜色。现场的家长们都算得上小地方的成功人士，表情自得。说起高考，一位家长鄙夷地说："怎么，现在还有孩子参加高考吗？"

一位校友，已经在仕途上脱颖而出，是令人听了咂舌的那种。那次小圈子聚会，我忍不住提起他。A 同学说："不要羡慕他，他真的快乐吗？”B 同学说：“他的老婆河东狮一般，我宁可过我粗茶淡饭的日子，也不要跟那样的女人过。啧啧！”C 同学说：“天天在机关里钩心斗角，他表情都狰狞起来，相由心生，我看都破相了。”大家七嘴八舌，爽快得很。

我见过这位同学。他对人生的境遇自然有他的感受：人的一生好比爬山，谁不想爬到尽量高的地方！高处的风景是不一样的。不行就是不行，人最好不要天天骗自己那叫淡泊。

小友 A，跟男友同居快五年了，不结婚。她自信地说：“真有爱，就不需那一纸婚书的保护。当我把握不了这段关系的时候，或许……”言下之意很明显：那些迫不及待地钻入婚姻的黄脸婆们，对自己的魅力，不自信了吧。而她自己，则是男友天天追在后面，要求她给一个名分。

那些结了婚的，说法自然迥异：“是人家不娶她吧。早就知道这样的一种生活方式不靠谱。男人不用结婚，该享受到的就全享受到了，干吗还急着给自己套个枷锁去负责任。她不知道结婚是男人给女人最珍贵的礼物吗？”

如此情形，比比皆是。

我觉得态度上不对头。一个人不能同时踏进两条河流，一个人也不能同时品尝两种生活方式的滋味。你选择其中一种，自然有多条理由供你信手拈来使用。

为什么非得让自己相信别人不行，不快乐，不合理，才能安心呢？

记得《功夫熊猫》里有句话：没有好消息没有坏消息，只有消息。我觉得在这里可以套用这个句式：没有好生活，没有坏生活，只有各种生活。

是不是更合理一些。

作秀

我特别不喜欢人家说话夹杂英语，因为我自己没有这个能力。

可偏偏我的死党同学里就有那样几个欠揍的，或者是公费去欧洲考察过一趟，或者接触过几个蹩脚的外教，再或者多看了几部美剧，就不得了了，说话动辄冒出个生僻的英语单词或貌似地道的句子。

就仿佛嗓子里进了柳絮，必须咳出来不可，否则喉咙痒。

我抗议过几次，无效，便决定找一次机会向他们发起总攻，还我耳根清净。

有一次小范围的圈子聚会，在大刘不说“真的？”而是说了一句“really？”的时候，我知道：机会来了，决定一次性解决问题。（小贴士：适用于那种打不散的朋友，否则容易结仇。）

我说：“各位知识分子，读过《围城》吗？”

不是《兵临城下》，而是钱钟书老先生写的《围城》。先生对此，有一个最精辟的比喻。他说：“说的话里嵌的英文字，还比不得嘴里嵌的金牙，因为金牙不仅装点，尚可使用。英文字只好比牙缝里嵌的肉屑，表示饭菜吃得好，此外全无用处。”

读过《源氏物语》吗?

在书的第二贴，对几个贵族男人对在语言里夹杂异族文字也做了深刻的评判。当然，在平安时代的日本人眼里，“汉字”就相当于现在的“英语”，他们以会汉话为荣。他们说：“人往往会为自己的才艺所拘，会不分时间场合，一个劲推销自己的才华，致使人格打了折扣不讨好。”他们说：“人无论男女，越是差劲的越爱卖弄自己仅有的一点知识。”

读过社会心理学吗?

从某种意义上说，人越爱“秀”什么，越说明他“缺”什么。他下意识里要的是“秀完后，得到别人的正面回馈，好补充他那个不足的自信”。李嘉诚不需要穿名牌来秀他的富有，奥巴马不需要颐指气使来秀他官大，爱因斯坦的妈妈不需要拿出奥数金牌来秀她儿子有多聪明……有知识的人也不需要用英语秀他的才华——顺便问一下，你到底要秀什么?

所以，还是我们老祖宗说得好：“君子之心事，天青日白，不可使人不知；君子之才华，玉韫珠藏，不可使人易知。”

这一番话，我说得密不透风，别人连针都插不进来。说完，我得意地吃一口菜，熟练地吹开覆盖下来的刘海，恨不能分身出另外一个我，佩服地拍着自己的肩膀说：“真有你的！”

大家哗然，有的朋友甚至开始噼噼啪啪地鼓起掌来。

结果，嘴里的那口菜还没咽利落，我就被大刘从得意的天堂送入迷惘的地狱：“你这不是秀又是什么！秀不了英语你秀文学！有你费这么大劲儿的工夫，英语都学好了！”

读书与气质

据说，气质二字开始卷土重来。

从前，要是一个女人不漂亮，一般就夸她有气质。她就会跟你对夸：你们全家都有气质。如今不同了，说一个女人有气质是比诸如漂亮美丽更高层次的界定。因为科技手段发达，对于女人脸上眼睛的尺寸、鼻梁的高度、下巴的弧度的控制，更游刃有余了。

各类报纸杂志，又开始谆谆教导平凡女如何进行气质上的逆袭。什么修内安外，什么厚积薄发。当然，最终大家都有一个明确的指向：如果想气质好，多读点书是一个必要条件。

看似逻辑上没有什么问题。但如果细想：读书是为了在自己的脸上添些气质，好吸引异性，镇住同性，散发出那种非性感美艳可比的魅力来，这样的结论总是有点别扭。

真不是夸张，不知哪个文友，就曾经撰文《书籍是最好的化妆品》，且受到热捧。

不对头。

读书确实能产生气质这个副产品，但如果把书等同于雅诗兰黛的精华素或者迪奥的香水，我觉得就把人误导大发啦。

这样的想法让人矫情。记得某征婚节目里，女嘉宾这样演绎自己的业余生活："喜欢宅在家里，喜欢看书，发呆……"屏幕上，女嘉宾姿势美妙地靠在自己的床头，冲着镜头巧笑嫣然，手里捧着不知是时尚杂志还是几米的漫画。不知怎的，总觉得她脸上的气质不是书变出来的那种。

人不是像黑匣子一样简单，这厢输入几本书，那边就源源不断地输出气质来。书这个东西，跟食物一样，需要一个消化过程。据说吃东西，必须吃得唔唔连声，大叫生活真美好，食物才容易长成肥肉贴在身上。如果味同嚼蜡，全无胃口，吃多少山珍海味，也胖不起来。

读书也一样，如果你没有享受过一个人捧书躺在沙发上嘿嘿傻笑的经历，没有拍案而起，大叫绝了的经历，没有忽然间若有所悟或者怅然若失的经历，只是想着自己又读了几本名著，哪天又可以在微博上向自己的粉丝报告一下，这又相当于一管什么档次的口红产生的效果……能不能有气质产出，还不一定呢。

当然，无论什么手段，劝人多读书总没有错。就跟拿着天堂引诱，劝人向善的道理是一样的。真没准有那么一些人，为了气质拿起书本，并从此享受到了读书的三昧，也说不定。

但我相信，到那时候，你肯定忘了气质这点事儿了。

精致的枷锁

早些日子，热播大剧《欢乐颂》里，二十二楼女孩子们被困电梯，遭遇险境。大家吓得汗出如浆。大剌剌的女孩儿邱莹莹拿出酸奶给大家喝，精英安迪摆摆手：我只喝水。樊胜美掏出自己刚从超市购得的矿泉水献上，安迪还是推开。

戏播到这里，我火眼金睛，立即认出，编剧这是又一次向我们推出精英的生活方式，还是老套路：只喝某某牌子的矿泉水，只穿某某牌子的衣服，只……

果然，安迪的冰箱里，永远排排坐着那样一种矿泉水：圆滚滚的肚子，细伶的脖子，透着高贵。

戏里的精英都喝它。

我没吃过精英肉，也没见过精英跑，所以不敢断定：这只是编剧一厢情愿对精英阶层的猜想。但我可以肯定的是：这样的一种情节暗示，绝对会渗透到我等傻观众的骨子里去。

我记得我就这样踮着脚尖努力过。

中年以后，经济情形逐渐变得比年轻时宽裕。于是产生一种心理上的需要：特希望能拥有一种行为模式，把自己从灰扑扑的芸芸众生中区分出来。而这种“只”的模式就给我提供了一个比较完美的答案。

只用某个牌子的护肤品，只穿千元以上的单品，只买某个牌子的床上用品……当然，根据个人情形的不同，这个“只”后面的内容大有意趣。

不知怎的，我貌似不太擅长这样一种行为艺术。究其原因，可能是因为：用了指定的护肤品，也没让我喜欢的人爱上我；穿了贵一点的衣服，也不会飞；吃了法国大餐，却觉得不如清粥酱瓜来得可口。

我偷偷地责怪自己：真是天生不够高贵！

就在这个时候，我读到作家陈思呈一篇文章，名字忘了，只有一句话，像大棒子一样冲我喝了过来：我还可以活得更“×丝”一点。

这样普通的一句话，于我而言，却如醍醐灌顶，字字闪着金光。

文章大致的意思是：她在物质要求上，没有最低，只有更低。这样，人生更多份额的能量就可以用来照顾自己的精神和灵魂。可以低到什么程度呢：为了穿上别人的剩衣服好省下服装费用，她可以增增肥。

但是，就是因为“可以活得更‘×丝’一点”，陈思呈旷当辞掉工作，退掉再忍一年就可以得到的价值百万的单位分的房子，以四十岁的高龄，笑傲江湖去了。

大家都在谈财务自由。可以背五十块的包包，可以用两百块诺基亚手机的陈思呈，率先实现了。

如果她“只喝三十块钱以上的矿泉水”呢？这种人生的写意与自在，恐怕还得往后推一推。

但是，这个“只”的模式，你觉得是在励志、拔高，其实不过是生生地给自己往身上多套了一层欲望的枷锁罢了。

人生的欲望够多了，我们不得不伺候它们，忙乱不堪，就不急着再给自己设计更精致的套子了，名牌的也不行。

当然，我也不是仇富的。

拥有亿万家财，几辈子也花不完，喝几瓶贵的矿泉水，穿几件在巴黎定制的服装，当然也不在话下。但还是去掉那个“只”字的好。不然，那个“害怕失去”的滋味找上你，也是够受的了。

选择的自由

那次肠胃生了炎症，便去一家小诊所输液。那家诊所小，统共只有我一个病人。看这里那么安静，第二次去，便带了一本《源氏物语》。待护士操作完毕，我便一头扎进书里。

第一次，我觉得《源氏物语》是那么有滋味。就仿佛在你面前展开一幅繁华绮丽的画卷，薄雾轻笼，忧伤淡淡。等两瓶药水输完，我已将书看了将近三贴。护士给我拔针，我还茫茫然，眼神不能聚焦。

原来人在没有选择的时候，可以专心至此，静心至此。

如果将读书这个行为转移到周末自己家里，情形会很不一样：要不要冲一杯咖啡，还是来一杯绿茶？那些花儿该浇水了！哎，外面阳光那么好，要不要去植物园走走？

再说说我一位远房亲戚。她，长得好，有气质，聪明，写一手好文章，就连做个菜，味道都不俗。无论做妻子，还是红颜知己，都能打足 95 分。娇小玲珑的身材配一头浓密妖娆的长发，是她的扼要。当年追她的人，足够一个连。她跟我说："当时真那样想！这些人每个都有自己的优点，但又都不是十全十美。以后自然会有一位，将这些美好集于一身。等吧。

不然怎么办？又不能‘东家食西家宿’。”遂把这一连人踩在脚下，当了粪土。

“现在人家介绍的，连当时最差的都比不上。”她说。

这位亲戚的堂妹跟她的经历就形成鲜明的对比。这个做堂妹的，相貌中等，智商中等，性格内向，和大学里第一个追她的普通男孩相爱，结婚。“人家本分，有自知之明。有人喜欢，便非常珍惜。”我妈评价道。这个小伙老实，厚道，上进，对妻子非常好。岳父生了重病，头些年全是小两口节衣缩食承担一切费用，全然不跟其他兄弟计较。如今岳父去世，将岳母接了过去，颐养天年。

我有一位同学，这两年变成了富人。我跟他关系非常好，好得可以像问自己一样向他提问，他也无须虚伪应对。那天在饭桌上，我随手把一本书卷成话筒采访他：“请问，作为一个富人，除了大家知道的那种好，最大的困惑是什么？提前让我们知道一下，省得我们在致富路上前赴后继，临了却发现不是那么回事。”

同学见没有外人，神秘兮兮、半真半假地说：“人，只有一个胃，吃了鲍鱼就不能吃海参；只有一个身子，睡的床最大也就两米，上卫生间也不能轮流用多个马桶；移民去了美国就不能去加拿大；开了宝马，保时捷就只能停在车库；能养得起小三却只能跟这一个老婆过……总之，无论怎么活都觉得吃亏，都觉得辜负了自己的银行存款，天天心里闹得慌……”

我乐得差点没背过气去：“你直接说‘烧包’不就得了。”

有钱人跟普通人比起来，有更多的生活方式可供选择。普通人家的孩子只能选一份养家糊口的工作，努力干下去，开心地劝自己：“工作是生活的发动机。”然后，存在感，意义，都来了。有钱人家的孩子则不然，他们的快乐来得反而更难了些。

选择多一点好还是少一点好？

大家似乎都倾向于前者，它仿佛跟“自由”靠得近一些。但要自由地运用“选择”这个权利，仿佛需要一定的道行。因为它那么容易激起人性中叫作“欲望”的东西。反而没有选择，倒可以平心静气单纯地过下去。

说到底，自由不是指物质的自由，而是灵魂的自由吧。

自作聪明

大约我们每个人，都需要抱着某种程度的优越感活着。于我而言，这个优越感叫作：聪明。恋爱失败后，在“女人魅力”这个事儿上失了前蹄，聪明，就显得更重要了。

既然立意要认为自己聪明，人下意识里就开始收集于自己有利的证据，并对相反的信号自动屏蔽。比如说，小时候在学校里，简直就是人见人爱。当然，我舅舅是班主任这个事儿，就忽略不计了；再比如，我先生刚认识的时候夸我：从没见过眼睛里如此有灵气的女孩……是不是每个先生都这样夸过自己的妻子，我也就不管那么多了；又比如，写过几篇文章，好朋友们善意地捧场：文笔犀利，智慧。至于那些背地里评论“矫情，自我感觉良好”的，那就是嫉妒嘛。

每个人在自己心里，都有一个“自画像”，就这样，我一厢情愿地把自己画成了一个“聪明女人”。

快乐还真是有的。一个人认为自己特聪明，活得当然很来劲。

副作用也有。

在单位里，有同事谆谆教导，我心里总是想“就你？”；电视上，有答题的娱乐节目，看赢家那自得的神情，我立马换频道，也不知道哪里来得那么大的气性；不停地换着岗位，觉得哪里都是委屈了自己……

还变得特爱指导别人。觉得这个世界上，唯独自己的标准最最合适。她，太不懂得美了吧，穿衣打扮那么随意；她，太过了吧，香水还要跟衣服配，还有点正事儿不？她，也太不上进了吧，天天就懂得做贤妻良母；她，也太要强了吧，干吗要跟男人去争去抢，姿势多难看……

前两天，我这个瘾头又开始发作，开始对我妹指手画脚，却意想不到地落了下风。

我妹长得好看。巴掌大的小脸，眼睛大得没地方搁。俗话说眼睛是心灵的窗户，如今的房子都时兴大窗户，真是怎么看怎么敞亮。但我妹这个美女做久了，总是有点放不下身段。比如说：吃饭的时候，她的姿势太优美；旅行的时候，她太纠结自己的打扮，衣裳跟周围的景色是否和谐都在她考虑的范围。把美丽献给这个世界好像成了她的人生要务。而且，她好像还时时铆足了劲儿要把别人比下去。我就是牺牲品之一。跟她站一起，我就变成了金角大王手里的假葫芦，一碰到孙悟空手里的那只真的，就不灵光了。

我有点郁闷。

那天我说："老妹呀，你要忘了自己很漂亮这个事儿。"

老妹说："这么幸福的事儿，为什么要忘掉？"

我循循善诱："忘了这事儿并不等于你就不漂亮了，没准给别人的观感更好一点。"

老妹轻描淡写："你怎么不试着忘了自己很聪明这个事儿。"

一剑封喉。

我……真的没想过。

自信

早些日子，朋友参加了一个叫作“某某智慧”的课程，开了悟一般，兴奋莫名。他喋喋不休地跟我讲：“告诉你，我现在全身满满都是自信。”这样打了鸡血一样的状态持续了几天后，他就不提自信这个事儿了。

事后我笑他：“你以为自信这种东西，是花几千块钱、听几个小时的课就能买回来的？”

他心服口服地说：“听起来是不成。如果这样就能买回来你那种经过几十次的考试堆积起来的自信，也太容易了些。”

我那也不叫自信，虽然总有人误会它是。

从小到大，我确实是会考试的那种人，大大小小的考试从来没有失败过。这种情形导致我的人格极度膨胀。在单位里，碰到好为人师者，对我指导点什么，我心里总是升起这样的情绪：“哼，就你？”有人富了，我也在心里鄙夷：“就他那智商？”就像《生活大爆炸》里的那个谢尔顿，周围的人在他的眼里都是人形的猴子，只有霍金才和他才是真正的人类，和他的智商对等。

如果自信让人产生的全是这样的负面情绪，那我宁愿没有这种东西。而且，这样一种自信，一次失败就足以让它垮塌。

读书的时候，有个女同学小时候家境好，.练过芭蕾。她把学校当成了天鹅湖的舞台，走路外八字，踮着脚尖，梗着标致的脖子。女同学们羡慕："啧啧，气质真好。"她淡定地接受别人的爱戴，并指导道："人要有自信。"自信等于把脖子仰起来，用下巴颏指点别人？太逗了。

我们一朋友，大学毕业后创业，小有所成。三十五岁的时候，娶了小他十岁的漂亮老婆。别墅、公寓，大大小小拥有了四五套。过了几年，他离了婚。四十出头的时候，他结束了生意，去了北京。如今，聊胜于无地做着一些玉石生意，去大学里旁听哲学系研究生课程。

"走火入魔了，人一沾哲学就走火入魔。"大家感慨。

一次见面，聊得很深。他说："我人生的前四十年，过得全是别人羡慕的生活。拥有漂亮老婆，别人觉得那是幸福。有一些钱，别人觉得那是幸福。可唯有我自己心里知道那并不快活。现在，我一个人，没有生计的压力，还有人陪着谈哲学谈人生，北京又是那样包容的地方，没有人觉得你'怪'，过得跟神仙一样。"

"父母也担忧过我的这种生活状态。但他们若是真心爱我，一定会支持我。我以后的每一分每一秒，都要过自己定义的'幸福'人生，而不是别人认可的'幸福'人生。人要先爱自己，不能先爱别人，那样会产生期望，接下来还会产生怨恨……要听从自己内心需要什么，而不是听从这个世界认为你需要什么。"

我觉得我明白什么是真正的自信了。

不要人夸颜色好

我的外教安吉拉是一个事儿多的人。

那天，她向我吐槽："我不明白，学生们为什么天天夸我'老师你真苗条，老师你的皮肤好好'，我不愿意听，好烦！"

我都气乐了，心想这个英国人真的难伺候。于是告诉她："这是学生在表达善意，你只负责高兴就好了。"

她说："我为什么要高兴？依赖上这种高兴怎么办？我会变得只注意别人不再注意自己。我又不在乎别人怎么看我，他们为什么不停地表达？"

我跟她探讨："你怎么看自己难道不得借鉴外界怎么看你？"她干脆地说："不！我的自信来自我的心。我的心告诉我，我是独一无二的。"

我只能说我们是在不同的文化里浸泡出来的。她的这番感受，足够我消化了。我甚至怀疑是不是我的英语水平导致的误解。

前几天，我在报纸副刊发表了一篇小文，忍不住把电子版的链接发到朋友圈里。不出意外，收获了一串串的赞。看着那些排排坐的闪亮的小人头，我心中满是畅快。朋友叶子的一句评论更是让我睫毛上都开出花来：此文是《读者》的水平。

叶子的评论于我是有含金量的。因为她口中的夸赞相当于铁公鸡身上的毛，平时她对我文章的评价都是这样的画风：你没有写作天赋，还是学习蒸包子去吧；最近该看书了，新文没有你两年前的水平；我飘过……然后再加上个戴口罩的小人头。

问题是我还特别在意她，认可她的审美。她拍照美轮美奂，美食让人馋涎欲滴，阅读量浩如烟海，腹部还有马甲线。随时进入她家抽查，拍出的照片漂亮干净得可以上杂志。

我跟中年女人抵抗地心引力一样抵抗着她的否定，保持着自己微弱的自信。这个时候，她却给了我一颗大大的枣。

这时我想起了安吉拉。我允许自己美了一会儿，然后告诉自己：好吧，被别人肯定的乐子必须节制着使。不然，接下来的她又否定我，我又该拿什么情绪配合？

几乎没有人不在乎别人的肯定。

也有人非常潇洒，宣称从不在意别人的看法。这多半是在骗自己。这些人偶尔离经叛道，做一些与大多数人观点相悖的事情，那其实是在用特别的方式展示他们的勇气，是“在意”的另一种表达方式。

更多的时候，别人的看法和标准早已变成我们脑中的警察或卫兵，监督我们最好多做符合他们审美的事儿。甚至，这些东西早跟间谍一样悄悄地嵌入我们的意识深处。

如何是好？也许，我们应该试着，在“我的初衷”和“他人的评判”之间寻找一个平衡。既不需要因对抗外在的世界消耗无谓的能量，也能保留自己部分初心。

是乐还是恼，是天堂还是地狱，这个控制权当然不能全部交予他人。

真气

那年，单位分来两个大学生，小 A 和小 B。当时在物资企业，大家普遍没有学历，单位进了大学生，还是比较稀罕的事。

小 A 情商高，迅速融入工人的圈子。与他们称兄道弟，勾肩搭背，一起坐在树荫底下打趣过往的女同事，一起喝酒打麻将，有声有色。那香烟在嘴角斜斜地插着，伶伶地抖。

小 B 落了单，但他仿佛没有被集体接受的意愿，闲下来就弄一本英语书看。在我们这种单位，我看一会儿《围城》，都被别人视作奇葩，小 B 天天这样不知所以地“用功”，就被看成一个笑话。

如果相安无事也就罢了，但大家很不喜欢小 B，并不愿意就此放过他。

“嗨，哥们儿，跟男人们坐下来，歇会儿！”

“嗨，哥们儿，在财务科跟那些娘儿们待久了，不会也变成娘儿们了吧！”

工人们虽是性格粗放，但显然不是善意。小 B 大多时候敷衍着笑笑，有时低着头过去，好像这话跟他没什么关系。

小 B 太骄傲了，他不肯面对现实。用某人的话说：“傲，有什么可傲的，现在大家都一样了，工资比我还少二十多块呢！”

说心里话，当时我也是比较喜欢小 A 的。

这种类型的骄傲，我堂哥也有。

人家小 B 怎么说也是大学生，我堂哥啥啥都没有，他也傲。

我堂哥，小个子，勉强够得上征兵身高的下限，其貌不扬。家里条件不好，送他去当兵，只能算是解决一份口粮。身边有那么多的“二代”，无论从哪个角度看，都轮不到他傲气。但他就是不扎堆，不去抱谁的大腿，只是训练起来比较刻苦。他是坦克兵，那年我大伯去探亲，他陪着吃了午饭，趁我大伯午睡，还烈日炎炎地去练习了一场。

因为这个性格，他吃了不少人际关系的苦头。

后来。

物资单位大多解散，小 A 下了岗，如今到处打工。小 B 在单位解散之前考取了天津某名校的研究生，现在是省师大的教授，他脸上那若有若无的傲气劲儿，跟他的身份，终于配了。

我堂哥在一次全师大比武中，得了第一名，为自己赢得了考军校的资格，现在肩膀上一串星星月亮。

我们从小被教育：不要骄傲。

其实，有一种骄傲，是人对自身有某种价值的确信。它跟虚荣不同。虚荣是希望别人误会自己有某方面的价值。

或者，那是一种有武功的人胸中氤氲的那口真气。初始，更像桃谷六仙灌入令狐冲体内的那几股，不能驾驭，不免失于温和。一旦调剂舒齐，立即威力大作。

没有法子，即使被骂太傲，他们也不肯好心地无视自己的价值，最终脱颖而出。

我暗自思省过：他们当时那种情绪，真的叫作傲吗？

古人有诗云：目送归鸿，手挥五弦。

若有所悟。

人家眼睛里全是远方，心思不在当下的那点口角便宜罢了。

套用当下一句网络上的话：你看谁都傲气，你有那么差吗？

剑桥船夫

剑桥大学从某种意义上来说是一座城，游人可以随意在里面穿梭。与多少个诺贝尔获奖者同吸一个地界儿的空气，人总感觉有那么些异样。

我注意观察那些大街小巷的学生，总觉得跟我定义的莘莘学子的样貌气质略有差异。这些孩子脸上没有中国人熟悉的意气风发（毕竟这是世界上最好的大学之一了），反倒有点像街舞少年，踏着滑板，骑着自行车，背着书包，风一样呼啸而过。

在剑河泛舟，船夫四十多岁，着一件大红夹克，焦黄的头发四下乱飞，肉皮也粗，人倒是开心，不停地向我们秀他的中文。一时兴起，还背了一段徐志摩的诗。

我这两年开始训练英语口语，如今来了英国，自然想试试牛刀。跟那些小学子操练，我有点底气不足。我被剑桥大学这个名头吓住了，自身难免有点萎，且难掩“皮袍子下的小”。见了这个聒噪的船夫，我重拾在资本主义国家丢失的自信，于是捡着那些不复杂的语法，跟船夫聊了起来。

对着比自己文化低的，我放松极了，不怕语法错误被人笑话。

过了数学桥，船夫正指着一群鸭子请教，问可不可以说“一片鸭子”，又兴奋地指着一栋建筑物，南腔北调地说：“那是我的宿舍。”

我顺着他的手，心不在焉地望了一眼，心想：剑桥大学的地儿真够大的，还能给船夫开辟一片宿舍。

再然后，电光石火间，我心里歇斯底里起来：不对不对，他的意思是那是他学生时代的宿舍。

他是剑桥大学的毕业生！

我这是遇到了传说中的鸡汤体（当然不算励志体）吗?

我开始疯狂偷窥这个剑桥学长：实在看不出他的知性气质，妥妥的一个农民工。

我很没见过世面地掐同行朋友的手，耳语着请她解释：在她的理解里，这是怎么一回事?

朋友笃定地说：我怀疑剑桥大学包含的那些学院，一定也有不咋地的，就好比“北京大学”与“北京的大学”的区别。

我又是摇头又是叹息，凭直觉不满意这个说法。

下了船，我去请教当地的帅哥导游。

这个帅哥导游也有点不一般。他十几年前随家人投资移民英国，毕业于英国名校帝国理工，如今在父亲的某个金融机构任职。因是自家的，时间自由，他还可以抽空干干他喜欢的事儿：飞来飞去做导游。

帅哥导游的解释是：剑桥大学的毕业生来剑河划个船，一点也不稀罕。他就认识一个哥们儿，从事的是IT行业，软件工程师，业余时间就来剑河做船夫，享受阳光和微风。也有另一种情况，船夫本人根本就是船公司的老板，技痒了，也要上船过过瘾。

至于像农民工的这个，因他没看见，不敢判断是哪种情形。

有一点小傲气的帅哥导游一直强调“兼职”这两个字。

总觉得他不是在解释这个船夫，而是在向我解释他自己。

我特别希望他说：在这儿，剑桥毕业的完全可以快快乐乐做船夫。

因为那是我定义里真正的精神文明。

模 仿

两年前，我和先生去一小区看房。泊车时，经纪人说暂时占用一下别家的车位算了，一会儿的事。再说不是周末，估计主人家都上班去了。

看房下来，一辆小轿车赫赫然别在我家车辆的尾部。我本来就有些担心：万一事情不凑巧主人回来，就只有低头等人家指责的份儿了。如今看来，事情还没到那个步骤——我们首先得联系保安、物业，然后才能见到主人的真容。仿佛偷东西被人抓了个现行。

头一次碰到这种事，沮丧之余，我忍不住佩服主人的聪明：在原处等你？哪有那工夫！还是你来找我吧——瞬间变被动为主动。

我们后来买下了那套房，也买了车位。成了主人，再泊车，舒心极了。

然后有那么一天，我下班回家的时候，就发现一辆陌生的车，安然停放在我家的车位里。

我一秒钟都没有思考，“轰”一声把车停在陌生车辆的尾部，怒冲冲往家走。

我边走边生气，到了家，还气得不行，需要倒一杯凉白开压惊。

情绪略定，我对自己为什么如此生气感到很惊奇。在单位，女上司因为误会当众让我下不来台我也没这样懊恼。那个陌生车辆的主人做的事儿对我造成的不方便有那么大吗?

借助我那点可怜的心理学的底子，我发现：我生气是为了给自己"堵住别人的车"这个行为一个情绪上的合理理由。别人对不起你，你恨他；你若对不起别人，你更恨他。

别住陌生的车辆，这件事情是"我"干的吗？依我那时的反应，充其量只能算是一个并不高级的"智能机器人"。"知识库"里存储着两年前的经历，我顺理成章做出了一个低级别的"处理机"应有的动作。

我受过的教育，自认为的教养，在这个过程里，全然没有参与。

可事情演变到这一步，我这个"机器人"开始运行不畅。因为"在家等别人联系自己"这段时间，该保持什么样的情绪和状态，我全无经验，无据可依。

忐忑地想：自己留给物业的号码是新的还是老的？人家万一联系不到我怎么办？也许人家有十万火急的事情呢？

我聪明地发现：人受了欺负固然不爽，但如果自己过了分，更煎熬。

我决定回到事发现场。

老天垂怜，我比陌生车辆的主人先一步到达。在我发动车子的时候，在后视镜里发现了那个满脸歉意匆匆赶过来的中年男人。那个敦厚的男人，隔着车窗，不知该说"谢谢你"还是"对不起"。我刹那间完成角色转换，满脸释然的笑容："没事儿！"还顺带体会了一把占领道德制高点的乐趣。

想想还是有点心惊。这个世界传达给我们的信息太多，太杂。人活着真需要保持一点警觉，否则随时会做出跟理想中那个"善良可爱有教养"的自己相悖的事情来，并越离越远。

第二辑

青青子衿，悠悠我心

婚姻课题

在恋爱的战场上遭遇前所未有的滑铁卢之后，痛定思痛，绝不允许自己在同一个地方跌倒，遂总结出独一无二的心得：在你面前潇洒自若的男人绝对是爱你不够多，或者压根就不爱你。真正喜欢你的，在你面前，一定洒脱不起来。

得了这样的真经，我挽起小包袱，进了围城。

他天性就不够开朗，还有点忧郁。第一次见我的时候，眼光不知道往哪放，手不知道往哪搁，言语词不达意。

若是之前，这样的男人大致是征服不了我的。可现在，这成了我考量的重要指标。

按常理，这次本人可是翻身农奴把歌唱了。反正你爱我比较多，从此我可要公主一样，端坐着，等你做尽二十四孝。这样显得多高贵多有手段多有魅力。

那你可太小觑人了。

这样做确实是武也耀了威也扬了，可在漫长的婚姻生活里，你如何说服自己去爱一个“下人”？

我可不会这样跟自己过不去。

当然要把他变成有自信有魅力顶天立地的男子汉。

相识以后，我所有的语言和行为都是向他传递同一个信息：我信任他依赖他崇拜他。

谈恋爱的时候，他曾指着柜台里那些星星一样亮闪闪的珠宝向我许诺："将来我有了钱，一样给你买一件，全挂上，把你打扮成圣诞树！"我向他展示最甜美的笑容，表示信了。当天晚上，真就梦到了圣诞节，一个白白的老头在摆弄我的头发。

我这个人，没别的长处，天生有一点好演技。"他的崇拜者"的角色，我扮演得游刃有余。

在这里，有一个技术细节：在骗他之前，先得把自己骗信了。而且是真信。否则天天在心里腹诽一百遍"这个没出息的男人"，让他顶起天来，也难。像我，连做梦都信。当然，这是一种小天赋。信到这种程度，段数是最高的，连自己的潜意识都骗了。

婚后，我从不逼他下厨房，不要求他做家务，不需要他辅导孩子的学习。携女友逛商场，总是不忘给他添置一些体面的衣服。在家试穿，总要陶醉地夸一句：真潇洒！

我不分派自己做白天鹅，强迫他扮演癞蛤蟆。久了，自己有没有蜕变成白天鹅还在两可，他变成真的癞蛤蟆的可能性会呈线性增长。

不要试图去控制他。不要给他砌个围栏，由野生变为家养。这是最愚蠢的求证他爱你的手段。如果你都能把他制服，让他全然失去生机，你还做梦他去大千世界里给你拿来你需要的东西?

那年，我们家碰到经济难题：我，下岗。他，辞职做生意，且效益稳步下滑。我把自己每个月下岗工资三百来元交给我妈，在家里混吃混喝混住，还混着让妈妈带孩子。

我准备研究生考试，跟他商量要不要考军校，这样一上学就能得一份高工资。他把胸脯拍得山响："不用考虑钱，只考虑自己是否喜欢，钱的事儿不用你操心。"

此君这时已被我崇拜得进入佳境。

那时我家存折里的数，眼看四位都不到了，照样如此自信。看那架势，即使我们要去讨饭了，他也敢自己拿一根打狗棍去讨，好保证我去干"自己喜欢的事儿"，可见我的演技多么炉火纯青。

话虽如此，我还是选择了军校，欢天喜地地跟他讲："我实在太喜欢那身制服了！"

当时每月一千好几的工资，立时成了我家的主要经济来源。

他那时还是稳赔。

我经常细细研究他的鼻子眼睛，开着玩笑："生意还没起色吗？请你快点好不好，我要顶不住了。""你的长相不符合吃软饭的标准哟。"

我妈听到一声炸雷一般地在一旁对我恶狠狠地挤眼睛。

结果他笑呵呵地答道："你是需要我隆个鼻子还是割个双眼皮？"

其实我妈她老人家的顾虑纯属多余。内心对一个人非常尊重，是会释放出生物信号的，他自然能准确无误地接收到。

能跟他肆无忌惮开这种玩笑，才是我们俩的正常关系。如果哪天小心翼翼地照顾他的自尊了，恐怕才是真正看不起他的开始。

他也一样，当然需要接受这样的考验。

好在，我们俩的戏词对得相当完美。

换句话说，在我心怀叵测的心理催眠里，他从来没有自卑过。

骗自己骗久了，真真假假根本长到了一处，再也无法辨认也无须辨认。

我的心理咨询师朋友给我最高的评价是：你这个人，不纠结，不跟自己过不去。说好听点，内心是平衡而自给自足的。

他仿佛还真的往我心中理想的男人形象靠拢了。

他的生意终于有了起色，且呈厚积薄发之势。已经能把我那份工资挣出来，并真的派我去干“自己喜欢的事儿”。

俗话说，夫妻之间，如鱼饮水，冷暖自知。

在林林总总的幸福家庭中，我们这只是一种。

但是，如果你的婚姻是你一见到男主人就脸红心跳型的，请你一定另辟蹊径，千万不要学我。

甚至，你需要反其道而行之，把自己的“崇拜”节制一下。

男女之间，虽是一家人，关系也很幽微。

这是我们每个人的独一无二的课题，抄袭可是拿不到学位的。

外人眼里那些不合适的爱情

看《欢乐颂》，我的朋友们大多对剧中樊胜美的家庭情形不以为然，不相信天底下还有这样的父母亲。“那是剧情的需要。”他们说。

我信。

因为我有一个女同学叶子的情形，比起剧中的樊胜美，有过之而无不及。我不想举例说明她的妈妈如何不疼她，因为你一定会指责我那是负能量爆棚。

这么说吧，叶子是妈妈倾泻自己积攒的戾气时最凑手的工具。

我不是评判叶子的妈妈，叶子也不怨恨她的妈妈。因为这世上，每个人都无奈。如果可以选择，叶子妈妈恐怕也愿意戴着圆滚滚的珍珠项链天天慈祥地笑。

但叶子也没有办法处理自己性情中的冰凉和冷淡。

二十四岁那年，叶子在香港工作。

彼时，叶子秀美，清瘦，高挑，合体衣裙，得体举止，一口流利英语，她是精致的白领。只有叶子自己知道，她的心里藏着多少惶恐和不安。

是的，一个人内心积累下来的缺乏爱的那种黑暗不会因为外在环境的华丽，就会自动痊愈。

周围追求者众。有同样在异域打拼的年轻同事，有创业小有所成的老板，有外籍男子，还有安妮宝贝版的高尚男人：薪水丰厚，衣着体面，携带量身为你打造的浪漫，卷土而来。

她跟他们出去吃饭。西餐厅，红酒，蜡烛，周全的礼仪，全是女孩子们所欣羡电视剧中的别致情节。叶子是独立女性，有自己的品格和姿态，她会付账，尽量跟男人对等。

她也想嫁人，可这些男人，无论多么时尚体面，上得了台盘，但他们的手，怎么也碰触不到她心中那块最冰凉黑暗的地方。

叶子想过一辈子独身，她不想把别人拖进她那个填不满的情感黑洞里来。

那次，她去北京看姐姐，碰到了他，那个朴素，甚至有些邋遢的男人。

他是姐姐的校友，IT 男，租住在一间不到二十平方米的小房子里。

事情就这么快！

那间小屋立即成了叶子的天堂。叶子也疑惑：我到底看上他哪里了？为什么他那土里土气的样子是那么好玩和可爱？

叶子辞了职，来到北京。她突然没有品格了，变得赖皮起来。跟他上小摊子吃饭，去公园划船，看电影，身上从不揣一分钱。他不富有，但叶子心安理得地吃他的喝他的，把自己像女儿一样交给他，安心地接受他对自己的好。

叶子到现在都认为这是女孩爱上一个人的标志。自尊啊，姿态啊，那是下意识里在爱情领域给自己留了转身的余地。

但是，他们在外人眼里可真是不般配啊。

叶子和他一起回家，邻居老太太们在一起聊天：如今的姑娘们可真娇气！从火车站回个家都找个民工拎包！叶子妈妈指着那个二十平方米的小屋：你这是学王宝钏守寒窑吗？

……

他们如今已经移民美国，有两个可爱的女儿和一处能种花种菜洒满阳光的房子。

周末，他们的生活是这样的：老公吭哧吭哧打理花和菜园。两个女儿躺在草地上嬉笑。工作日：老公做好早餐，逐一叫“三个女儿”起床，只有她闹：讨厌，十分钟以后再喊我也晚不了嘛。

叶子是真有智慧。

她凭直觉嗅到：这才是她生命中那个最对的暖男。他用他所有温暖的能量，源源不断地补充着她生命中的阴暗和缺失，就那样让她，亮了。

他们一家回国。叶子妆容精致，老公依然没有变得洋气。这一对，外形上还是不能让别人养眼，不符合人们对理想情侣的期望。

但别人眼里最不合适的情侣，有时反而拥有最为合适的爱情。因为一对爱人的最般配之处，往往就在外人眼光到达不了的地方。

谁是谁的明月光

张爱玲这句经典的话你一定听说过：也许每一个男子全都有过这样的两个女人，至少两个。娶了红玫瑰，久而久之，红的变成墙上的一抹蚊子血，白的还是床前明月光；娶了白玫瑰，白的便是衣服上的一粒饭粒子，红的却是心口上的一颗朱砂痣。

于是乎：每个男人，动辄在自己的胸口变出一枚朱砂痣来，闲暇之余捧一捧心，应景地伤伤怀。女子们也不甘示弱，无端对自己的男人生出防备心。自己到底是红的还是白的？他的初恋啊好妹妹啊是成了明月光了还是朱砂痣了？妄自菲薄、放弃自己之余，情感的不妥倒是有了合适的嫁祸对象。

擅长情感小说的，干脆创作出这样的题目来“怎么肯嫁给那个自己最爱的人”……张爱玲的话怎么会错。久而久之，它成了谶语、心理暗示，人们简直就是下意识里去实践它了。

最怕这种文学影视作品对人的心理影响了。可笑，但是不可估量。

其实在婚姻一开始，人的心理机制并不是这样运作的。

在心理学里，有这样一个定理：一个人在做了决定之后会产生心理失调。消除这种心理失调的方法通常是，人会本能地提高被选择对象的吸引力，同时降低被拒绝对象的价值。

这个动作根本就是在潜意识中完成。也就是说，这个动作不是高难度，不需高智商，不需你思维的参与。

你要买一款新车。犹疑不决：越野车好还是小轿车好？

越野车拉风，显得很男人，长途旅行方便，马力充沛，但越野车油耗比较大。

小轿车便宜，省油，轻便灵活，但若是出去旅行，安全性有些令人担忧。

一旦你决定买小轿车，尤其在付了定金的那一刻，你立即就会发现：省油是这个世界上最重要的事儿。至于长途旅行嘛，谁天天出去瞎跑？

同样，若是你拍板了要买越野，你再看小轿车，就会觉得奇怪：竟然还有人想买它？不觉得空间太局促逼仄吗？不觉得有那么点小家子气格局不够大吗？

在两个情人间做选择也是如此。

A 女，活泼俏皮，聪明伶俐，有情趣有味道，但略显轻浮；

B 女，温柔沉静，知书达理，但总是有那么点不解风情。

选择了 A 女，你一定会想：娶妻是一辈子的事儿。一辈子可是很长的一段时间。如果伴侣相对无趣，漫长的时光如何打发？

反之，你自会下这样的结论：选妻子，还是贤惠些吧。那种解语花型的，虽然又贴心又善解人意，但若是一时兴起，跑出去解别的男人的意，如何是好？

总之，一个男人娶了你，在他的下意识里，他是打算把你当“朱砂痣”和“明月光”的。或者说，两支玫瑰比起来，那个做妻子的，是占了先机的。

谁会专门跟自己过不去？简言之，人会怎么舒服怎么想。

当然，如果你嫁过去，吹吹打打入了洞房，自觉胜负已分，依仗老资格，从此竟要躺在功劳簿上睡大觉了，那你哪天变成蚊子血或者饭粒子，也是不奇怪的。

那时起作用的，则是另外一个心理学的机制了。

所以，张爱玲的这句名言，重点不是“娶了”二字，“久而久之”里面才有真正的玄机。

此时有人会说：以上这种情形，属于男人主动选择。而张爱玲这句话的意思是：得不到的才是好的。如果男人是被拒绝的那个，恐怕就不这么简单了。

确实有点棘手。

得到的，得不到的，有可能失去的。这样三种状态相比，那个“得到的”相形见绌，一下子被比成了下下风。

没办法，老天爷在设计人性的时候，就给我们开了一个小小的恶意的玩笑。

人对没有办法拥有的东西，就是本能地憧憬。而且，正因为没有拥有，没有朝夕相对，便可以在意念里无限放大其美好。

对那些“有可能失去的”，日剧韩剧早就证明了这一点：女主角，有着茉莉花般清香飘柔广告一样闪亮的健康头发，眼睛宝光流转，肤色晶莹剔透，却是得了绝症的，随时可能在樱花瓣飘落的时候倒入男主角的怀中。这种不确定性在心理学上确实是把对方的注意力吸引过来的不二法宝。

唯独那个“得到的”，被安排在了情感食物链的下层。

我们天天喊：怜取眼前人。听起来很理智很合理是不是？但若真能做到珍惜，又何必劳那些写字的费心，天天过来劝。

大家都遗憾人生不能十全十美。其实，十全十美的人生是有的——你感觉比较无聊的时候。

没有什么得不到的。不是无聊是什么?

这就是老天爷设计的人性体系，也正因为这样，才感觉生活滋味无穷。

但有一点：人性，永远是在潜意识里发生作用。若是你想更好地掌控自己的情绪和幸福，则需要“成熟”两个字来参与了。

请看下面的对话：

我：你在大学里，暗恋了一个又一个，退而求其次才娶了我。现在，她们是变成明月光还是朱砂痣了?

他：变成明月光了，但不是床前那束。

我：何意?

他：她们真的是又美又可爱，到现在还是。你知道，经过我眼光甄选的总是错不了（我很受用），但她们都有一个最大的缺点。

我：什么缺点?

他：当然，林青霞张曼玉也有这样的缺点。这个缺点只有你克服了。

我：咦?

他：这缺点是不——爱——我。不爱我的好女人多了去了，我有点喜欢不过来。所以，只好任由其清冷地闪烁喽。

你只管负责精彩

办公室里坐在我对面的梅子是一个妙人。

快四十了，还那么讲究：体重严格控制，衣服合理搭配，头发每天一洗，鞋子必须无尘。办公室的抽屉里，杯子就有四只，分别用来喝红茶、绿茶、花果茶、咖啡。用梅子的话说：“我是一个有纪律的人。”办公室不忙的时候，大家磕牙的当儿，梅子就学英语。问她有什么用，答曰：“喜欢英语的优雅流畅。”

看到梅子，总是让人神清气爽。她的原则是女人无论什么时候都不能放弃自己，都要有自己的精气神：“老了，失恋了，离婚了，没升职，都成了自暴自弃的理由，这哪成！多大点事儿呀，就这样赖地上不起来，太娇惯自己了……”对于梅子的妙人妙语，我五体投地。

谁也没想到，就这样一个精彩的女人，老公还会旁逸斜出，继而婚变。

故事情节很老套，第三者是海藻一样的年轻姑娘。怀了孕，梅子老公选择对她负责。

梅子利落地离了婚。

办公室那些天气氛尴尬：两口子都是我们的同事，她老公还是我们这里不大不小的领导。对于这件事，大家只能三缄其口，不予置评。再想想梅子之前说过的那些什么自暴自弃的话，不禁想：这不是一语成谶嘛！

梅子却真的不是纸上谈兵。

离婚后，对前老公的出轨种种，梅子没在背后说过一个“不”字；前老公举办婚礼迎新人，我们办公室的人为表达自己的立场，一致决定不去出席。她劝我们参加，说怎能因为她一个让全部门的人尴尬；时间多了出来，梅子去练练瑜伽，学学画画，妆容也更加精致。

离婚后的她，愣是没露出灰败的景象来。

话虽如此，我还是为梅子的将来担忧：快四十了，还带着一个十几岁的女儿，难道还能嫁一个同龄的青年才俊吗?

梅子私下里跟我说：“别为我发愁。经过这件事，我发现：真正的幸福，是自己给的。”

我相信梅子的能力，即使不嫁人，她也可以继续做她的精彩女人。

可别人不肯。

这个“别人”，是我们学院的一个来自美国的外教。我们叫他奥斯卡。

奥斯卡比梅子小两岁，来中国是因为想学习中国文化。等做够三年，还得回美国继承家族产业。他说梅子：“太精彩的女人。”英俊的眼睛里毫不隐瞒对梅子的爱意。对于梅子的女儿，老外毫不介意：“都是上帝派下来的天使。”一个又豁达又有趣的男人，充满美国风味。

如今，梅子的女儿提前送到了美国去读书，梅子也正在办各种手续，只等奥斯卡期满，就一起飞往大洋彼岸。梅子已经申请好了大学，到了美国，她准备去攻读心理学博士学位。

梅子的眼里流光溢彩，跟我说：“我们是相爱的。”

真相终于大白。

生活之所以给梅子开这么大一个玩笑，是因为她身边的那个男人和她已然不再般配，当然要给她换一个，否则怎么行?

你只管负责精彩，老天自有安排。

爷儿们

在我们这个小圈子里，欧阳两口子的相处模式曾经让我们叹为观止。

如今的男人们，明里暗里都不掩盖自己怕老婆这个事实。这不仅是时尚，也让自己感觉颇良好，总算够上了绅士的一个标准了。

欧阳不。

欧阳媳妇儿低声抱怨欧阳不肯换工作，两地分居诸多不便，此时欧阳只要大眼珠子一瞪，他媳妇儿就委屈地闭了嘴。

有人冲欧阳借钱，欧阳敢当众和自己的媳妇儿商量，其实就是通知一声。

席间，女人们总喜欢借故呵斥自己的男人几句，很娇嗔，理由诸如酒喝多了菜吃少了不等。欧阳媳妇儿不。欧阳媳妇儿看欧阳的眼神，文艺点讲总是那么心醉神迷。顺着他媳妇儿的眼神扫描过去，我们疑惑欧阳哪里就那么有魅力，可以让他娶了十年的媳妇儿仍感觉初恋一般。

岁月本该静好，欧阳小夫妻却提前尝到了无常两个字的滋味。莫名发了半个月的低烧，媳妇儿被查出患了肺部恶疾，而且是晚期了。

欧阳当时在单位任要职，这也是他为什么迟迟不肯辞职的原因。他上级的上级非常欣赏他，谆谆教导：“作为社会动物，一个男人最重要的是他的社会身份。”并暗示：欧阳是自己下次提拔的首位人选。

欧阳递交了辞职申请。好友认为他反应过激：一个男人，人到中年，在一个陌生的行业里从头来过，谈何容易？劝他用另外的方式补偿自己的媳妇儿。欧阳淡定地回答：“不用替我想借口。”

为了让媳妇儿尽量用好一些的药，他还卖了自己的一套两居室。岳父母犹犹豫豫地问：“你真想好了卖房子？别忘了还有孩子呢，我们可以贴补你们一些。”欧阳平淡得像刚处理掉积存了两个月的旧报纸一般：“我有分寸。”

病房里，上演的不是琼瑶的剧情。他逗她：“傻子！跟我耍心眼骗我回来。我看你还是傻吃傻喝傻活着，认了自己是个傻子吧。”

媳妇儿最终还是去了。欧阳为了她，放弃了自己的大好前途，搭上了卖房子的一百万，剩下的十万，交由岳父母存起来养老。

朋友们说：欧阳够爷儿们。女人们也终于明白欧阳媳妇儿为什么对他总是那么“心醉神迷”了。

给了欧阳一年的疗伤期，朋友们纷纷张罗好姑娘，要给欧阳成个新家，便问他的择偶条件。欧阳毫不矫情，他说：“很简单。只要待我女儿好，我女儿也喜欢她，人家也能看上我，就成。至于我自己，好将就。爱情不爱情的，我会跟人家好好过日子。”

我跳起来：“你就算心里这样想，也别这样说呀。找一个你女儿喜欢的，这叫什么话？这可犯了女人的大忌！”

“讲明白了比较好。一个大老爷儿们，怎么能老把自己那点需要放在第一位？”欧阳说。

世间的缘分就是奇怪，就有那样一个女人说：“就算他不爱我，我也愿意跟他结婚，还有比做他的妻子更幸福的事儿吗？”

如今，欧阳和那个女人结了婚。那天在街上碰到一家三口，小女儿穿着新媳妇儿给买的棉布小旗袍，晶莹剔透，小公主一般，还撒娇地拉着新妈妈的裙裾。健康阳光，脸上的幸福，像花儿绽放。

怎么会没有爱情?

爱情这东西，总会拜访那个最配得到它的人。

爱情百慕大

飞儿肤光胜雪，双目晶莹，确实惹人喜爱。可李岩也真是落落大方，一表人才。小圈子里的人经常一起活动，看他俩一对玉人似的，忍不住起了撮合之意。

李岩本来对飞儿就有意，看大家投的都是赞成票，更铁了心，遂对飞儿展开了攻势。

谁知飞儿怎么也不肯出演大家分派给她的角色，并私下里偷偷跟我讲："这种温文尔雅型的，不是我要的那杯茶。"

李岩本是极自信的。这部爱情的大戏刚刚鸣锣，他也才摆好爱情的姿势，就被定格在那里，尴尬得难以收场。而此时的飞儿，也不经我们允许，就跟一个很有点脾气的帅哥，公然牵手。

按理说，这时李岩就应该罢手，从此各自安好才对。谁知遭遇了拒绝后的他，突然发现这个得不到的才是真正的爱情，就那样任性地等了下去。这一等，就是十年。

这十年里，飞儿跟那个帅哥结了婚。过得不算幸福。因为她的那位良人，总有那么些轻微家暴的倾向。李岩等得更加心安理得。他说："她离开他的那一天，必须得有一个能投奔的去处。”

飞儿却说：“即使跟老公离了婚，我也不会嫁给他。如果喜欢，何须让他等那么久。李岩，只是我的心理负担。”

这期间，李岩留校做了老师，还开了一家软件公司，事业小有所成。买了房子，买了车。三十三岁，眉宇里多了经济丰足的男人的底气。对女人，总是有那么一些不经意。而这不经意，却令周围的女孩们更加心醉神迷。不是不紧俏的。可李岩这个痴情男人做久了，一时下不来台，还打算接着一瓢饮下去。

如今还在等，立意要接过琼瑶阿姨的衣钵。

在心理学里，这是一个认知失调的极端案例。

飞儿其实早就拒绝了他。但他对自己的男性魅力太自信了，一旦被拒绝，就会产生心理上的极大不愉悦。人总是本能地去减少这种“不愉悦”。首选：停止爱她。做不到。那就为爱她这个行为寻找借口：“杨过还等了小龙女十六年呢，真爱是经得起考验的。她是一个值得我爱的好女人，为她这样做是值得的！”他终于成功地为自己的行为找到了充分的理由，并陶醉其中。

到现在，情感进入了一个死循环：她真可爱，接着等。等的时间越长，就会发现她越可爱（接着寻找理由的心理需要），别的女人越是不可替代。鸡生蛋，蛋生鸡，永无了期。

到底是她可爱在先，还是爱她在先?

列夫·托尔斯泰说：别人对我们好，固然会使我们喜欢对方；但如果我们对别人好，会让我们更喜欢对方。

这个情感定理，用到了对的人身上，是可爱的。可问题是，她说：

他是我的负担。

爱情里，竟存在这样一个百慕大地区，让不小心经过这的人，一个漩涡扎下去，再也不想自救。

尽量小心翼翼绕开它吧。

去爱那个能从他（她）那里得到回应的人。爱情，不是这样用来浪费的。

爱情质量认证

十几年前，在电视上看到过一个病房婚礼。

男孩刚刚博士毕业，与他的师妹在校园里相爱。女孩生了病，尿毒症。他为她四处奔走，求医问药。爱情没有生出奇迹，女孩病情日益加重。最后，他决定给她一个婚礼，让她在离开世间之前，品尝到做新娘的滋味。

作为男主角的他，英俊挺拔。女主角略显浮肿，但难掩脸上的清秀。她体力不支，全程偎在他的怀里。感人至极。

故事结束，镜头切换到男主角的母亲和妹妹。母亲咬牙切齿，痛斥男孩是白眼狼。原来男孩出身贫苦，父亲早逝，由寡母抚养成人。为了供他读大学，两个妹妹早早地辍学打工。毕业后，所有的收入都源源不断地花给了那个女孩。家里边，几间破瓦房，黑暗潮湿。“他从来没有过问过。”母亲说。

真纠结。

韩剧日剧里的浪漫爱情，背景都是：芳草鲜美，落英缤纷，湖水清澈。女主角白衣胜雪，凄美地死在男主角怀中。

可真正的生活……这不是捣乱嘛。

无独有偶，在深圳某医院的病房里，又发生类似的爱情情节：一个婚礼。

44 岁的他，和 42 岁的她。桥段都有些雷同：她，肾病。他们好了七年。月工资不到三千元的他，给她花的治疗费用将近二十万元。

她病情恶化，临死前，想和他结婚。

他没有马上应允。因为她走之后，他还要面临接下来的人生。跟她结了婚，就意味着她和前夫的女儿以及她的爸爸妈妈，都将变成他的责任。

他考虑了十六天，然后跟她说：做我的老婆吧。

然后就出现了病房里婚礼的一幕。

故事不够流畅。按照爱情的质量标准认证体系，这个故事的分值应该不比上一个高吧？

首先，女人就不应该提出跟他结婚，应该不拖累人家才是。其次，男人怎么能"考虑"呢？按照套路，这个结婚要求，由他提出来更感人一些吧。

真相并非如此。

在社会心理学里，有一种思维方式叫作自动化思维。这是一种低付出思维。在人碰到不熟悉的情境的时候，就会自动调出脑子中储存的可以依赖的图示。

拜文学作品和影视剧所赐，人们头脑里存放了大量的爱情剧本。显然，那个男博士本能地选择了按照这些剧本上演自己的剧情。他自动屏蔽了复杂的生活背景本身，不能算是周全。

而另一种思维叫作控制性思维。这是一种高水平的思维。一种像罗丹的雕像《思考者》那样的思维。

后一个男人，他思考了十六天。在细细考虑了所有可能的后果、所有做这种选择要担负的责任后，最终决定：结婚。头脑一热并不难，难的是在经历了纠结、踌躇、挣扎和所有的权衡之后，战胜自己，依然选择承担。

不能不说这才是真正成熟男人的担当。

一装解千愁

他是一个得体的男人。

衣着搭配得体，言行举止得体，就连外形，也不像那些暴发户小老板，而是略瘦，有型有款，玉树临风。虽然单身，但有乖巧的女儿，家庭依然有温度。

也有不方便的时候。

从他的办公室的大玻璃窗望出去，能看到公司的写字间。那个新来的女孩，正和另一个小伙子低声讨论着一个广告的文案。他们头挨得很近，几乎碰到了一起。女孩浅浅地笑着，不知说了什么有趣的，还打了小伙子一拳，小伙子很受用，笑着，捧着文件夹走了。他羡慕那个小伙子，他永远不能跟女孩有这样亲密的接触。因为，他是这个公司的老总。这样，是不得体的。即使，招这个女孩的时候，是经他点了头的。

他曾嘱咐公司人力资源部经理：招女孩的时候，一定不能要太漂亮的。他认为漂亮的女孩心思不会在干活儿上，且会影响周围男同事的办事效率。就因为这种说法，公司的人都说他太“装”。那天，这个女孩来应聘的时候，可能是因为她的眼神太清亮了，他竟鬼使神差地向人力资源部的经理点了头，全然忘了自己说过的那些漂不漂亮的话。想到这里，他手心都羞愧地微微冒汗。所以，走过女孩身边的时候，他更是挺直了脊背，目不斜视。

她在他的公司，他们却很少有机会接触。

公司也有其他的女孩子，中等或者中等偏上的姿色。在他这个老板面前进行工作接触的时候，都或多或少带了那么一些娇嗔。对这一切，他心里都很了然，女孩子，总是希望利用自己的性别优势在工作上给自己谋一些方便。可她，却最是落落大方。跟他交流工作的时候，干脆利落，绝不借机在他的面前多拖延一分钟。甚至，在他面前，还有些拘谨。

其实，男人和女人之间，除了语言，除了眼神，一定还存在着一个我们看不到的“场”，这个“场”，往往进行的才是真正的交流。不知怎的，经过她的时候，背后总是灼热。是的，她也喜欢他。这是他的直觉。

有那么一个晚上，还在办公室加班，他接到一个陌生号码的电话。接听，是那个女孩。他诧异。女孩在电话里也略带一丝慌乱：“陈总，不好意思，我本来是找我的老同学陈风的，电话本上跟您的名字连着，打错了！”他像一个兄长似的笑了：“没事儿。”沉默了一会儿，挂了电话。

他忽然意识到：女孩这个电话也许是故意打错的，因为她的慌乱里，总有那么一些刻意的成分。

他的心好像少跳了一拍，脸也开始微红。在这样一个电话里，他们其实已经做了一次最亲密的沟通。但，他是一个得体的男人，难道能将错就错地跟女孩寒暄下去？接着呢……他脸皮薄，做不出那种轻狂样子来。浮想联翩完了，还得继续道貌岸然下去。

再上班，女孩不再跟他有任何眼光上的接触。再过了一个月，女孩辞了职。他依然得体地进行了挽留，女孩还是走了。

他是男人，将来要出现的所有可能性，都得由他来负这个责任。他负不起，只好让她离去。

晚上，回到家，小女儿在听迪克牛仔的《沧海一声笑》，他也跟着哼了两句。女儿说："爸，你不适合唱这种潇洒豪放的歌，你适合唱那些'装'的。"他笑了。

其实，何尝不是这些爱"装"的人们，共同托住了我们这个社会道德的底线。

嫁给有钱大叔

小友妮妮是农村考大学来城市的姑娘，却是肌肤胜雪，眉目如画。怪不得人说三岁看老，长成这样的女子，不敢说一定好命，不受穷那是肯定的。

妮妮是不折不扣的大叔控。当然，这个大叔指的不是那种下班了挤在公共汽车上歪着头流哈喇子的大叔。指的是那种事业有成、风流倜傥的大叔。

妮妮今年三十二岁，就嫁了这样一款大叔。比她大十来岁（算是小大叔），开一家自己的公司，且呈现出厚积薄发之势。相貌中等，神情里散发出一种成功男人的底气，整洁，稳重，谦逊，是个有品的男人。

大家啧啧称奇，看来这世上是有心想事成这个事儿的。大叔不是富二代，当然也就少了那种像挑王妃一样挑媳妇儿的公婆。妮妮嫁过去，颇得先生的宠爱，不仅共享他的财产，还能共享他做人的智慧。无论娘家有什么事情，大叔总是气定神闲：不是有我吗？看来，妮妮除了贡献出自己的可爱，就没她什么事儿，专等着享福就够了。

前两天，妮妮约我出来喝茶，说自己有点抑郁。一听说比自己过得好的人抑郁了，我精神大振，欣然赴约。

妮妮抱怨她闷。结婚后，妮妮辞了职。好日子没过两个月，她就腻了：“之前在公司，虽说是钩心斗角，互相践踏，但是多解闷儿呀，时间好打发呀，若是高手，还能赢得个名利回来。现在终于知道那么多阔太太为啥养狗了！”

我不以为然：“我还是认为闷是最好忍受的一件事儿。”

妮妮还抱怨她没有朋友了。之前的小姐妹小同学，人人在为生计奔波，都没太大的兴趣天天去参观她家的豪华别墅。一两次之后，都淡淡的，就那样冷了下来。就算是出门旅行，也找不到伴儿了：跟闺蜜们的消费水准不同，连住什么样的酒店都不能一致。她不愿意将就，人家陪着她也玩不起。即使她愿意付账单，还有个“自尊心”的问题。

“这好办，跟那些阔太太们去做朋友呀！”我热心地提着建议。

“那些珠光宝气的无知女人们，谁稀罕结交她们。”还想做个有品的阔太太，这就有点难了。

妮妮抱怨的最后那件事儿，最让我乐不可支。

妮妮说：“我是不是天生有点贱呀。前两天，我在家里苦恼不堪，干脆挽起袖子，把三层楼里里外外收拾了一遍。用了我五个小时。最后你猜怎么着？出了一身臭汗，竟心花怒放。抑郁，好了！这跟自己价值是不是体现没有关系，好像一劳动，就舒服了。”

我听她说得好玩，忍不住插嘴：“生命的意义在于劳动嘛。”

妮妮苦恼地说：“我一直觉得不干活就是享福，这种人生观都保留了三十多年了。小时候看连环画，最大的理想就是做一个军官的姨太太，啥都不用干，天天穿高跟鞋和旗袍！”

我边笑边做出一副同情的样子：“那你就重塑人生观呗。你看外边的蜜蜂，天天飞来飞去地采蜜，对它们来说有什么意义？蜜还不是让人割了去。但它们每天一早，就飞出去了——这是生理本能。人也一样，是要干活的。”

妮妮聪明地说：“也就是说，如果林黛玉天天需要跑出去找工作，她也就不失眠，也就不痛苦了……这个有钱人，白嫁了。”妮妮表情可爱夸张，说着可爱的大实话。

嗯，有点意思。我突然心理平衡多了。

齐大非偶

钱钟书说，做媒和做母亲是女人的两大基本欲望。最近，我那颗做媒的心被刺激得蠢蠢欲动。

我盯上了我的同事王岩。

王岩生得娇小秀美，身材跟她老爹的财产成反比例关系。她是那种名副其实的富二代，全国各个城市都有她家的连锁品牌。更可贵的是，王岩的性情谦逊可爱，没有一丝骄矜的意思。

前些日子，她开了一辆宝马来上班，立马被领导请进了办公室："我们的老大才开奥迪，你这是想给领导上眼药吗？做人要低调！"

天知道，低调是个相对的概念，你怎么知道人家王岩这不是低调。可王岩笑容可掬，答应不再开它。从此，只开老爹公司一辆半旧的帕萨特。

那些登徒子样的富家子实在是辱没了王岩的清秀，所以，这样一个如珠似宝的女孩，还奇迹般地剩着。

我打算把她介绍给我的师弟沈军。

我掂量过，沈军应该是那个东床的优秀人选。

沈军英俊迫人，.刚入学那会儿，骇得我们这些没见过世面的师姐们当众失态，是那种长得好得让任何一个异性都会害羞的男生。但沈军对自己的这种相貌优势并不自知。你知道，好看呀、善良呀这些东西，如果主人太自觉的话，实际效果就会大打折扣。

沈军专业出类拔萃，成熟，沉稳。毕业后自己创业开了一家公司，买了房子车子，把寡母从农村接到了省城，是个有担当的好男人。

我偷偷地跟王岩约好，朋友们不动声色地聚聚，如果她觉得可以，我再跟沈军挑明。下意识里，我想着即使不成，那也一定是王岩这边有问题，我得呵护我师弟的薄脸皮。

聚会那天气氛轻松。大家喝茶，聊天，唱K，兴之所至，还舞上一曲。我递个眼风给王岩，她冲我微微一笑，快乐呼之欲出。当然，沈军在这种场合，总是不经意就被别人衬托成主角。

王岩不是那种矫情的女孩，站起来大大方方地邀请沈军跳舞。可我那宝贝师弟，竟然红着脸连连摆手，不停地解释着，说他确实不会跳舞。

王岩笑笑，掩饰着尴尬，坐在一旁。我看得火大，咱可不兴这样欲擒故纵！一个大男人，也太小家子气了吧。

聚会结束后，沈军跟我抱拳："姐，我娶不起一个连开宝马都算是低调的女孩。"

我恨不得去找一根大棒子，把他喝醒："人家要你养？"

"我知道，结了婚，连我自己都得受岳父的提拔。可我不愿意过那种不是自己能力所能控制的好日子，心里不踏实。"

"可王岩老爹不是那种轻狂的暴发户，人家也看重才华的。从王岩的家教就能猜出她老爹的人品。"

"娶到人家的万贯家财，总得付出点什么吧。"师弟说，"人家就算看重我，我却未必能做到不自卑。姐，跟王岩交往，没有想象的那么简单，没有这样便宜的人生。"

我语塞，恨恨地说：“你可真理智。”

“齐大非偶。”沈军也有那么些怅然，振作了一下，“好在，我对物质的欲望全控制在了我能力之内。”

后来，大家都释然了。现在的年轻人都大方。

沈军可以跟王岩开玩笑：“你要是工人家的女儿，我一定会追你。”

王岩捣他一拳：“不够喜欢我就明说，何必找这样的借口。”

我这个媒人则在一旁乱七八糟地想：“不是我不明白，这世界变化快。”

人生如戏，全靠演技

大林和芍药，那曾经是有真爱的。

芍药是上海姑娘，且是独生女。在芍药妈妈眼里，整个中国除了上海北京，别的地方根本算不上城市。为了这个执意要嫁到小省城的女儿，妈妈天天以泪洗面。但最终妈妈还是同意了，否则，女儿马上要削骨还父削肉还母，跟心上人私奔了。

好在，大林给丈母娘交了一份满意的答卷，他富了。

大林个头不高，长得精神利落，那一头永远乌黑发亮的干净短发是他的扼要。有才，眼光独到，成功开办了一家私人学校，成了比较早富起来的那一种人。

大林有知识有文化，暴发户是做不得的。开一辆半旧的帕萨特，布衣布裤布鞋，玩的是另一种形式的牛。芍药成了大家最艳羡的女人，什么叫投资潜力股，这就是了。

他们有过好日子。

但是，做富人真需要一点素质的。有一关非常关键，谁都得过。它的名字通俗一点叫“烧包”，雅一点叫“饱暖思淫欲”。

话说大林发现，自己这个富人做得有点亏：自己也就一个胃，就算整天海参鲍鱼，久了跟清粥小菜也没什么两样，未见得会白日飞升。车不是豪车，衣不是名牌，家里房子再大，也就是一米八的床，上卫生间也不是轮流用多个马桶……

彼时，大林和芍药已经结婚十年了。爱得再死去活来，那点爱情也遵循严格的生物学定律成功地转化成了亲情。电视上，《牵手》正在热播，首次推出一个完美的小三形象：王纯。这个世间，爱情的滋味最美。每个男人，都想拥有一个自己的王纯。

大林下意识里寻找载体，投射这个爱情意象。他学校有一个刚毕业两年的女老师，眉目中颇有些俞飞鸿的影子。情节很流畅，他们好了。

安抚好了血管里那滋滋作响的爱情激素后，大林冷静下来。女老师却不肯按着王纯的套路演，不顾他的已婚身份，竟有些要天长地久的意思。

用脚指头都想得清楚，谁更适合做妻子。芍药，相貌清秀，职业高尚，落落大方，宜室宜家。这个女孩嘛……大林决定摊牌。

女老师幽幽怨怨约大林出来见最后一次。她袅袅婷婷站在河边，见大林的身影出现在她算好的距离内，一个猛子向河里扎了进去。虽说她是个麻烦，但罪不至死。大林手忙脚乱，从淤泥里把她捞了出来。

事情掩盖不住了。

谁知温柔文静的芍药，竟然也不按富人妻子的套路演（等着那个浪子回头），她利落地辞了职，带着七岁的女儿回了上海，留下了一纸离婚协议。芍药心气高，不容爱情里有一点瑕疵。

大林没有尽享被别人争抢的香饽饽的乐趣，且心智有些失常，懵懵懂懂，就和那个女老师结了婚。

又一个十年过去了。

大林和新媳妇又有了一个女儿，三年前又离了婚。

如今大林单身一人，年过不惑，对身边的那些莺莺燕燕，失了兴致。据说有一次醉酒，还戏剧感地喊出了芍药的名字。

只是，芍药没办法再跟他配戏了，她早在上海成了新家。

生活这场大戏，谁都不是总编剧。每个人只能掌握自己那部分戏份。结局是喜是怨，不由一个人说了算。

自 拔

阿瑞突遭婚变，我们这些铁杆闺蜜们从城市的四面八方扑到她家。只见她正坐在一片狼藉的客厅里发呆，套着一身起球的睡衣，形容枯槁，头发蓬乱，状如电视剧《射雕英雄传》里面目可怖的梅超风。

阿瑞的婚姻来得本就有些不靠谱。

她和老公肖洋是大学同学。肖洋条件颇佳，他那会儿天真烂漫，看别人都鸳鸯双栖蝶双飞，忍不住心痒，想找一个女同学练习谈恋爱，于是看上了貌似段数不高的阿瑞。本想浅尝辄止，结果弄假成真，在他想收手的时候，却被阿瑞网住，反成了战利品。

阿瑞费尽心机，嫁得如此可心夫婿，自然是按照一朵解语花的标准来要求自己，尽心服侍。什么想他所想、忧他所忧呀；什么给他自由、不占有呀；什么真心对待他的家人呀；什么要抓住他的心先抓住他的胃呀；什么在朋友面前给足他的面子呀……

然而，百般逢迎最终还是没能抓住男主角的心。这不，男主角和小三双双坐在阿瑞面前，请求她给“真爱”让路。

我们费尽口舌，终于阻止了阿瑞去小三单位出丑的冲动：“何须你去替天行道！”

最终她从我们以下说法里看到了一线曙光：“要想报仇，进步是硬道理。总有一天，他会为当初放弃你而后悔，这才是对他最大的惩罚！”好在没有孩子，于是阿瑞利落地离了婚。

我们陪阿瑞去添置了新衣服，换了新发型，一起办了健身房的年卡。她觉得还有太大的空白没法填充，干脆还报了一个英语口语培训班。

阿瑞本来有一份收入相当不错的工作，之前忙着在肖洋那里“学雷锋”了，所以薪水大半都打扮了肖洋。如今，她才发现，宠爱自己的感觉也很不错：高级护肤品购置了一整套，脸上立刻焕发出熠熠的光泽；再来两套名牌内衣，咦，精气神还真不一样了，这叫“风流不为人知”；曾经以为自己完了，可等约上网球教练，身着短裙，像小鹿一样满场跑起来，却发现，还早着呢。

隔一段时间，闺蜜们就轮流打电话问候一下阿瑞，怕她情绪不稳。那天，我给阿瑞拨了电话，问她最近怎样。她老实地回答：“生活蛮充实，但还是不甘心，经常有去掌掴小三的冲动！”

我惊呼：“真的假的？”

“放心，不会的。现在的日子总比以前天天惶惶然地坐在客厅里盼他回来好熬得多。”阿瑞淡定地说。还好还好，她的生活已经慢慢步入正轨。

阿瑞努力地学英语，勤快地健身。慢慢地，苍白的脸上有了颜色。

周末，她已经能打起精神约我们去她家中小酌。桌上饭菜的色香味，那是不在话下，我们终于享受到了她的抓胃本领。

餐毕，阿瑞携我去看她种的那株双色茉莉，浅紫和浅粉相映生辉，挤挤挨挨，开得满室幽香。看她心情不错，我开玩笑地提起她那复仇计划："就你现在散发的小光芒，足够让那个肖洋后悔啦！"

"让他后悔干什么，他后悔了难道老板就会给我涨工资？"看我不明白，阿瑞接着说，"我活着的意义难道就是为了让一个不相干的人后悔？"

咦，终于痊愈了！

爱情工程

读书那会儿，我喜欢一个唱歌像齐秦一样的男孩。而彼时他已有了女友，翩跹细巧，袅袅婷婷，爱穿长裙子，远远地看她走路，像一条美人鱼在款款地游动。在澡堂里碰上，我也会和其他的女孩交换一个会意的眼神，撇撇嘴："不好看，不好看。"却不阻止我暗地里要把自己折腾成一个纸片人——我要变成他喜欢的那一款。一旦哪天他们的爱情生变，我该是那个最佳候补。

对于年轻的我来说，爱情是摆在我眼前最重要的一个工程项目，搞定它，将意味着我之后人生的至高品质。而窈窕的身材，应该是这项工程最重要的一个指标。

有过减肥经历的女孩都知道，变瘦并不是一件容易的事儿。当然，不容易不等于做不到。翻翻书，什么"人定胜天"啦，什么"滴水石穿"啦，都或多或少地给我壮了胆。看看电视，非洲难民的形象更是为我的成功提供了佐证。

每天早晨，我一定要围着那个四百米的操场跑八圈，这是硬指标。要是哪次风雨阻隔，完不成任务，我会愧疚得吃不下早饭，镜子里的那张脸怎么看都暧昧地胖了一圈。晚饭，是不敢吃主食的，一碗玉米粥，就几根早饭剩下的小咸菜，算是一顿。同宿舍的女生见我那红扑扑的大苹果脸果真变得日益苍白清秀，既嫉妒又不怀好意地关心着我："你吃饱了吗？"我则满面春风地虚张着声势："我根本就不饿。"拼死维护自己那个"仙女"身份。

一切都在按计划进行，工程进展颇为顺利。

尤其在我听到那个男孩跟女友分手的消息时，我忘了人还应该有"厚道"这个概念，竟咧嘴笑了。虽然我意识到这一点，迅速地把微笑抹去，还是让同宿舍的女同学逮了个正着，疑惑地看了我好几眼。

"难道我的努力真的感动了上苍？"我暗自欣喜。

结果还没等我缓过神儿来，男生身边那个令人梦寐以求的位置就迅速地填上了另一个丰满妖娆的女孩。我虽然可以按照他的喜好把自己拍扁或者揉圆，但当我发现一前一后两位女友都有一个有着相当级别的爸爸的时候，我才摸摸自己被南墙撞痛了的脑袋，彻底回了头。

我不再介意胖瘦。于是对食物放开怀抱，且发现那种美味入口的快感果然能弥补一下感情失意的空虚，便迅速恢复了村姑小芳的健康模样。

至此，我的爱情工程成了一栋停滞施工的烂尾楼，尴尬地站在那里。

我本来打算自暴自弃一段时间，待恢复元气，再从头收拾旧河山，把自己变得清爽雅致。可就在我对自己的形象最没有信心的时候，我遇到了他，那个最后与之携手进入围城的人。

他是一个朋友的朋友，并不是一个随和的人，却宣称对我一见钟情。他自己就很瘦，所以并不觉得"姣花照水、弱柳扶风"是女孩子多了不起的优点。

"眼睛很亮，胖胖的，生动有趣。"这是他对我的评价。

"瘦瘦的，苍白忧郁，有点像《红与黑》中的于连。"这是我对他的第一印象。

自他出现的那一刻起，我才发现，之前那个沉湎爱情工程的女孩，变得如此滑稽和不真实。

原来，需要你千辛万苦去追求、去改变的，并不是真正的爱情。

真正的爱情应该是这个样子的：

在某一个特定的时空里，两人相遇了，用目光相互致意，轻俏温柔，不着边际地问：“好吗？”像是认识了很久。

然后，两个人身上的一切特征，都自自然然地在对方眼里，点石成金，化腐朽为神奇。

邀别人来分享你的完满

她是农村女孩，家境贫寒，从小向往城市：华衣，美食，貌似有礼的举止，清洁的环境，可以用来谈恋爱的普通话。她从小就知道这一点，自己长大后要离开农村。她学习优秀，时刻做好了蜕变成一个城市女孩的准备。

他是地道的城市男孩。家境优渥，身上散发着一种在某种文化里长期浸润非后天能培养的温文与潇洒的气质。

那些日子，他正失恋。甩了他的，是那种明媚鲜艳颠倒众生的女孩。

他们俩在校园里相遇了。

他身上的好东西准确无误地击中了她。他有她缺少的东西：一种代表城市的气质。他立即符合了她的眼缘。借由他，她可以方便快捷地接近城市生活。而且，他是那样风趣幽默，她的日子会因为他，变得生动起来。

她也在瞬间入了他的眼。她身上散发着一种令人舒服的自信，清秀温润，是那种温和的治愈系。而他正“病”着，急需这样的“治疗”！

瞬间，他们进行了一种微妙的交易，各取所需。然后，顺理成章地把这种感觉解释成了爱情。他们决定相爱。

不是没有好日子的，所有情侣经历的一切，他们都一一尝试，体验。各种爱情剧本，也被他们兴致勃勃地编写，上演。

他的“病”痊愈了。

他发现，她不是他的茶，他觉得自己还是对那种风情万种的女孩感兴趣。饿极之时选择的食物，不一定是自己的最爱。更重要的是，她的那种聪明自信，变不成他的，反而在他们的相处中让自己落于下风。自己在这样一段关系里，亏了。

她试图挽回。她认为：她需要他。这是真的，因为她有缺失。

她哀怨万分，嘴里念着失恋者经典的台词：“如果你需要，我愿意改。”

她的姿势开始变为需索。人一旦伸手向人索要，便无法优雅自如。这样的一个她不仅提供不了他要的东西，反而更印证了他的感受：“自己是真亏了。”

失恋了。她痛苦万分，难以自抑。自身留下黑洞，难以填满。不是因为太爱他，是因为自己，又变回了那个有缺失的人。

世间的爱和失爱，大多如此吧。

安妮宝贝说：他曾经一天给你十颗糖，突然十天也不给你一颗糖（如今是一颗也不给了）。那你能如何。硬要对方给出更多的糖果，还是再次去别处寻找。为何不让自己的口袋里装满更多的糖，不必期待他人给，兴之所至，也可以给对方吃。

还有人讲：让自己变得完满，就更容易碰到真爱。

原来真正优雅的爱情，不是由谁来填补你的缺失，而是邀别人来分享你的完满。

这个人来了，美好愉悦；不来，人生依然无憾。

红颜为何薄命

晴是我一个朋友的朋友，长得好看，是很能淹死几条鱼、摔死几只雁的。她的五官单独细究起来，也不算是最标致的。组合在一起，却散发出了惊人的魅力。

估计晴自己也知道这一点。她很少正眼看男生，目光总是低垂着斜斜地射过去，甚至根本就不看，永远一副漫不经心的样子。如果她肯仔细瞅你一眼，就跟深海的鳗鱼一样，“刺刺”地放出电来。

男女之间的爱情是一场博弈，晴还没碰到过像样的对手。晴的爱情事件总是这样结局：男生哭着闹着打滚放赖要继续跟她好，她嗤之以鼻。有例为证：A 男曾经跪在她面前，求她不要分手，晴赠其一记响亮的耳光；B 男数天黄昏在校园外的铁轨边徘徊，晴说爱死由他去，只要不妨碍别人；C 男连续一个月不起床，看金庸逃避现实，差点被学校劝退……

学校生活结束，统计一下晴的暗恋者或明恋者，就像富人的存款一样，数字相当好看。但始终没有出现她真正的良人。“不能改善人的处境，何必结婚。”这是晴的妙语。那些男生，不是晴的茶。

毕业后，晴去了广州。在那个城市，她碰到了她爱情史上真正的对手。对方姓陈，富二代，长相颇为俊美，不到三十五岁，广州一家豪华的星级酒店已经被他经营出来了。在某个场合里，陈公子邂逅了晴。当即，晴试着去电他，陈公子毫不含糊地接招，瞬间，空中响起了噼啪的电荷声。

真正的爱情来了。晴开始了做一个富家少奶奶的准备：学插花，学法语。然后，法海出现了。那个法海，就是陈公子的爹。跟电视剧中的情节一样一样的。可陈公子心急，还没等到他爹断他经济来源那个步骤，就干脆地与晴分了手。

明眼人都能看出来陈公子的玩世不恭，只有晴相信他是真爱。

如今，晴嫁了。嫁了一个大她二十来岁的男人。这次是富一代。晴说，她不相信爱情，她只相信钱。她说一个男人如果爱一个女人，就少来鲜花巧克力那一套，不如给她一张存折。她说爱情会变，但有金钱傍身，是谁也拿不走的安全感。

晴的丈夫非常宠她，大方地在好几处物业上加上了她的名字。晴现在最大的爱好是在商场扫货：衣服、珠宝，还频繁地换车。但不知怎的，晴拥有的不是富人的那种气定神闲，反倒更像是抓狂，仿佛急于补偿什么。模样也不如之前漂亮了，添了些狰狞。

老天赐了美丽面孔，本是份厚礼，但如果老被拿来这样使，拥有幸福的概率，比之普通的女子，反而小了。

这也许是“红颜薄命”的另一层意思吧。

一物降一物

洁曾经是班里的班花，生得眉目如画，袅袅婷婷。男孩子自然最注重皮囊，并无多余心思去琢磨女孩的五脏六腑。所以，洁的追求者数字统计出来那是相当好看。石榴裙下的不二之臣太多，洁生出错觉，觉得自己嫁了谁都是吃亏，态度上便日渐骄矜。

直到阿范出现。

阿范是外班的男生，长相倒没有太多的可圈可点之处，只是天生一股潇洒之态，与N个好妹妹的关系暧昧不明。禁不住同宿舍男生的起哄，他决定追一追洁，顺便整理一下自己追女孩子的段数。

阿范追洁，非常有范儿。形式上虽然跟那些洁的追求者没有什么两样，鲜花啊水果的不定时奉上，态度上却截然不同。那些拿着洁当女神膜拜的男生，神情气质里总摆脱不掉一股癞蛤蟆的味道，阿范则酷酷地，笑模样很少，让人忍不住觉得：被他追是一种荣幸。

阿范懂爱情心理学。就在洁心里生出一只小鹿，开始乱撞的时候，他降低了对她的热度。洁则生了相思病，彻底坠入情网。

此时阿范改变了初衷，不只是追着玩玩了。觉得就此把佳人娶回去，也不辱没自己。毕竟，男孩身边站着洁这样的女友，起码的虚荣心还是能满足的。

毕业后，洁一脸幸福地披上嫁衣。

明眼人都知道，他俩在一起，阿范明显站在了爱情食物链的上层——他吃定了洁。仙女一样的洁嫁了他，做饭，家务，样样拿得起放得下。阿范则大爷一样，没事儿还整点小脾气发发，让别的男同学不平衡极了。

话说日子一天天流过，阿范的风流毛病犯了。

无论周围的女同事，还是业务上的女客户，跟阿范处得那叫一个融洽。无伤大雅地开个玩笑，调一番情，阿范又开始在男女感情的某个灰色地带徘徊。洁头脑简单，一开始并不知情。阿范玩得很好，恍惚忘了自己的已婚身份。

要不是那件事，阿范估计永远不知道洁的脾气有多大。

话说那天，洁下班回家，竟然瞥见阿范骑自行车带一陌生女孩。其实，那次真是误会阿范了，那是他偶遇的小学同学，不是“妹妹”。但阿范彻底领教了洁的破坏力。

洁把家里所有能搬动的物品都掀到地上之后，随手抓住一把安眠药就往嘴里塞。阿范强硬地从她嘴里挖出来。洁抽搐着躺在地上哭，哭着哭着，嘴唇发紫，眼看人就要死过去。手忙脚乱地送了医院。阿范的医生同学解释：人痛苦的时候，一刹那分泌出来的毒素，足以让某些敏感的身体出现中毒的症状。

阿范惊魂未定，当然还是他娇滴滴的老婆最重要，有什么问题，也罪不至死嘛。

遂从此乖乖地跟柳下惠一样坐怀不乱了。

这故事是后来洁告诉我的，我乐得哈哈大笑。五行相生相克，他们夫妻俩，就做到了互相牵制。

同学会上，他们依然是甜甜蜜蜜的一对。他们互相把对方降住了。而这样的基础，就够他们有滋有味地过完一生了。

蓝颜知己

我曾经特别想拥有一个蓝颜知己。

从定义上来说：首先，他得是我的知己。既然是知己，说明我在精神上处于一个比较高级的层面，不那么轻易为人所知。否则，别人一个眼角余光扫过来，就一目了然，那全天下人岂不都是知己了。我和他的生命信号仿佛处在同一个频段，两个人之间的交流，不需太多语言，一个眼神，一个简单的动作，就能达成最默契的沟通。其次，他是异性。作为一个女子，有异性来知一下，还是很不同的。

蓝颜知己，跟同性比起来，他不嫉妒。得了好东西，可以毫无忌惮地在他跟前嘚瑟。失了意，可以借他的半个肩膀，也可以用他的衬衫当擦眼泪的手帕子。高兴了，可以胡乱劝他：赶紧给我找个嫂子吧，看到你幸福我就放心了。情绪低落的时候，只要跟他说一句：好羡慕你将来的爱人呀！就足够让他心猿意马。

这个蓝颜知己，大多时候是那个暗恋者或者求爱未遂者。

既然这么好，为什么当时不扑上去嫁了呢？无它，还没有好到用来结婚。用于结婚的对象，当然首先能在经济上照顾我。这才能保证我在这个世间的尊严，可以保证我对着不喜欢的人不喜欢的事儿说“NO”。

而这个英俊潇洒的蓝颜知己，他体贴、细腻，简直就弥补了老公身上所有的缺失。他最好能跟老公做了朋友，知于光天化日之下。而我不必对他负任何责任，也没有任何道德上的压力。

蓝颜知己以上的种种方便，倒还在其次。从社会心理学来讲，每个人的生命都是一个逐渐认识自己的过程。我们从外界的反馈中慢慢地定义自己——父母的，老师的，朋友的，上司的，爱人的，蓝颜知己的。我是一个多么可爱的女子呀，有这样一个人能心无旁骛不求回报地关心着我，我可爱的力量足以让他抛开双拐，拦腰抱我起来，并赚得琼瑶教徒的尖叫和数滴眼泪。我可爱到只要肯让他这样照顾，对他来说都是无上的满足。也就是说，有这样一个蓝颜知己，虽然我的腰不会少疼一点，老板也不会因此涨我一级工资，但这是一件使人产生极大自信的事情。一个女人自信不自信，差别大着呢。在这样一段关系里，我一定能尝到前所未有的好滋味。

但是，事情就怕有“但是”。

这世间的好滋味仿佛也有一个类似于“能量守恒”一样的定律。你这厢好滋味多了，谁又少了呢（请不要说这叫双赢）？做人要公平，如果你的老公也做着别人这样的蓝颜知己，这滋味，就大大地不妙了吧。

所以，我至今都还没有这样一个叫作蓝颜知己的东西。我们不能仗着“他大约还喜欢着我”，来欺负他背后那个潜在的女子。

爱情辩证

大李和华华是大学同学，用大李的话讲叫作“郎才女貌”。华华面薄腰纤，楚楚可怜，颇有几分水秀，可以不谦虚地领走那个“貌”字。至于大李是不是有才，就值得推敲了。但有一点是确定的，他脾气大。

他俩谈恋爱那会儿，据说有一次，两人开始交火。正不可开交，大李突然面色煞白，壮烈地倒了下去。从此，华华就像张爱玲说的：低到了尘埃里去，从此乖乖地。是啊，眼前的这个男人，再可气，也罪不至死呀。

这一役，大李统一了他们家庭这点领土，彻底奠定了他的霸主地位。

华华性情温和，待人接物颇有教养，家里收拾得整洁温馨，还做得一手好菜。简直是人见人爱花见花开。婆婆喜得像得了一个新女儿似的。家人偷偷地认为：华华嫁给大李，那真是一朵鲜花——插错了地方。

大李一定是在那场战役中尝到了脾气大的好滋味，结婚后，动辄整点小脾气发发。华华总是笑，像对待一个青春期的叛逆的孩子，毫不计较。华华是一个善解人意的好女人。她之所以这样做，是心疼大李在事业上遭受的挫折。彼时大李总是感觉受到某个领导的打压，郁郁不乐。那些年，家里看到的都是华华的小心翼翼。

事实证明大李确实是有才的，果不出所料，几年后，大李得到提拔，成了那个单位的副总，堪称位极人臣。大李脾气变了，不再颐指气使，看华华的眼光里多了情意。华华也算是苦尽甘来，家庭一度风调雨顺。

可生活总是要作弄英雄颠倒豪杰，就在大李事业蒸蒸日上之时，华华身体出了毛病——需要切除子宫。

华华整天以泪洗面。

大李终于展现了他温柔如水的一面，当着全家人逗华华开心：就算你脸丑了，手断了，我依然尊你为我的领导！这点小手术算得了什么，你不是照做你的大美女嘛！

其实这个手术绝没有那么轻描淡写。手术后的华华，动辄心烦意乱，很难控制自己。大李说：谁让我之前老欺负你呢，现在只好任你追讨。

大李现在工作顺风顺水，通身流露出一种成功男人的气度。华华则憔悴下去，性格变得略为偏执。如今，家庭情形全部反转，轮到大李小心翼翼，察言观色，呵护着华华脆弱的心情。

令人安慰的是家里有一样东西从来没有缺过：爱情。

对先生

认识晓琪的人总是忍不住啧啧惊叹：若不是天生有玉一样的美好质地，一个女孩子，如何能摆脱成长环境的束缚，长成今天这样一副理想的样子。

在晓琪两岁的时候，父母离了婚，晓琪跟了奶奶。妈妈又嫁了人，格外珍惜来之不易的幸福生活，怕另一半计较，来看晓琪的次数逐年下降。七岁的时候，奶奶去世，晓琪跟爸爸生活。爸爸有轻度的抑郁，但在过去那个时代还没有这个医学名词，表现出来的只有怪癖。晓琪就这样在对爸爸的忧心中度过了她的少女时代。

生活拿走了应该属于一个少女的太多的东西，还给她的是：学业上的顺利和一个清秀的模样。大学，研究生，一路保送，然后做了大学老师。再加上晓琪生得眉目干净清澈，衣着简单而有品位，衬得周围的女性都自动变成了庸俗脂粉。最重要的是：在母爱父爱严重缺失中成长起来的晓琪，怎么也不肯按部就班生出孤僻多疑的性情。她细心，温和，还懂得照顾别人，离得近了，让人如沐春风。

窈窕淑女，君子好逑。是时候谈谈恋爱了。晓琪这样的可人，自是追求者众。当然，一般条件的，还真不敢存癞蛤蟆的心思。对晓琪出手的，都是地位体面不失礼的。大学里的极品帅哥，象牙塔外的青年才俊……

晓琪也跟其中的两个走过一段时间，不知怎的，都不了了之。

在其他女孩的眼里，那两个中的任何一个，条件都是无懈可击的，是那种“做了他的妻子，在虚荣心上都是一种满足”的。可晓琪竟可以随随便便像旧物一样扔掉。问起来，淡淡地一笑：“性格上实在不合适。”晓琪不是那种聒噪的女孩，在这件事儿上，她并不想多说。这就给了别人宽松的想象空间：看来，晓琪这个残缺的家庭，在她寻求幸福的路上，果然不出人意料地设置了障碍。

然后，君子们望而却步了。

这个时代，人人自顾不暇，没人肯花太多的代价去做别人的免费心理治疗师。何况，有时还得加上自尊这个成本。君子们是自爱的。晓琪，好像变成了放在架子高处的那个昂贵的古董花瓶，慢慢落了尘埃。

然后有那么一天，在街上碰到了晓琪。她满眼喜悦地拉着一个男孩的手向我介绍：“姐，我的爱人。”晓琪是含蓄的女孩，她说他是她的“爱人”，我忍不住再次仔细地去看他。

中等个头，模样平常，眼神温暖。

晓琪后来说：“他们相识的方式并不浪漫，相亲。”

晓琪说：“不知为什么，头一次跟他见面，谈起过去，竟不知不觉泪流满面。”

晓琪说：“他的眼神，让我可以在他跟前毫无顾忌地失态。”

晓琪说：“原来我对自己的童年是那么不满意，也不想那么懂事，那是因为生命中缺乏安全感。在他跟前，我可以觉得委屈。”

晓琪说：“别人都把我当成一个带出去很有面子的女人。只有他，把我看成一个需要心疼的小女孩。”

所以，他是她的家。

那喷薄而出的眼泪，是多么美丽的一场杏花春雨啊。

不要找，你要等

素素妈妈的性格颇为夸张且戏剧化，经常盘腿坐在床头，对着这个转眼将过三十大关的女儿，苦口婆心地劝：“这个小伙子还行，你就抓住了吧。”最后总得泪飞顿作倾盆雨，直到把二十岁那年如何受公婆叔嫂的气都翻出来。

很难想象，当时这等局面素素如何淡定面对。

素素，姿色中等，除了略微白净一些，并无任何可圈可点之处。女作家亦舒说过：男生喜欢的，当然是皮囊，难不成是喜欢你的五脏六腑？话是夸张了，但也有真实的成分。所以，素素读书时就露出“门前冷落车马稀”的光景来。

好在素素并不在意，读读书，写写小文章。像她这样一个相貌普通的女子，又多了些叫作才华的东西，品位即刻上调。低俗的男人，还如何入她的法眼。而那些真正条件上佳的，也会挑剔素素相貌这个美中不足。

时光白驹过隙。毕业后，同宿舍的女生，都陆续结了婚，生了小孩，拥有了温暖的俗世人生。而素素，还是一个人。

素素的父母着急了，自己的姑娘也是珍珠宝贝般养大的，工作也不错，可转眼都要过了三十的门槛，叫人怎么甘心。遂发动素素的同学、同事，着力解决这个燃眉之急。

这就出现了素素妈开头那场戏。

其实素素并不逆反，安排好的约会，她都去。约会次数之多，有一次连着两天见到的对象名字竟然相同。

在素素多次婉拒了月老牵过来的青年才俊之后，怪话、尖酸的话，都来了。人们永远见不得别人用不同的方式生活，大家本应该敲锣打鼓地过一样的日子。

这些话陆陆续续传到素素的耳朵，她淡淡一笑，索性不着急了。参加了新东方的英语口语培训，还业余读了心理学硕士。一天，在一个聚会里，碰到一位美国朋友，素素那流畅的英语让美国朋友频频赞叹。因为她的英语水平，都可以跟美国人流利地谈民俗和文化了。当时我在场，不知怎的，在我眼里，头一次，素素身上竟然闪烁出优雅的光辉。

素素终于在这个春节前做了新娘。对方刚从美国留学回来，事业小有所成。他，就是那个美国人的同学。

无论如何我也没有想到，素素的先生竟如此英俊潇洒。他很有风度，跟你说话时，专注，眼神温暖。他看素素时，满是笑意和欣赏。两个人站在一起，打量过去，竟是般配的。

原来，真有白马王子这回事儿。

之所以他迟迟不肯出现，就是在等你变得更加美好，美好到刚刚可以和他般配。

只是不再相爱

他的父亲、大伯都是所在城市里的头面人物。大伯没有儿子，他是两个金枝上的唯一的果子。他自己，像贾府里的宝玉，生得可人疼不说，要紧的是稳重，没有一丝纨绔子弟的意思，只是比别人多了一股子书香门第特有的气质，还应景地考入一所名牌大学攻读研究生。

认识她，是在一个朋友的聚会上。

自然是一个美女，是那种舒服的、不伤害人的美。朋友把他向女孩隆重推出，少不了把他的家庭进行了善意的炫耀。女孩皱皱鼻子，眼神狡黠："多好呀，一家子笏满床。"

女孩话里的意思竟让他解读不准：淡泊，幽默，促狭……他难为情起来，好像自己的身份里写满了轻狂。

没想到她竟然比自己大了三岁。看她那细巧的样子，不像。这多出来的三年，全部浓缩在了她的眼睛里。那里面，装满了平和、智慧以及种种说不出口的好东西。对了，还有那难得的善解人意。

他知道，自己要这些东西。

他喊她：姐姐。她称他：大弟。每次听她喊弟，他的心里，就啪啪地开出花来。父母工作忙，小时候跟外婆一起长大，和她在一起，这个世界变得温暖起来。内心那个空洞洞的角落被填满了，他终于拥有了自己俗世的繁华。

父母并不接受“女大三抱金砖”这种说辞，更重要的是：门不当户不对。

他害怕起来：难道这辈子真的要和她失之交臂。

回到学校，他突然想任性一回，便跟她说：我们结婚吧。女孩仔细瞅瞅她的眼睛，清清晰晰地回答：好。

倒是出乎了他的意料。

不是没有好日子的。在一起的三年里，他充分领略了“姐姐”的好。不矫揉，不轻狂，不任性，只有合理。除了偶尔的那种没有父母认可的遗憾，这三年的日子像一匹没有褶皱的锦缎，就那样舒适而愉悦地轻轻滑过。

直到他研究生毕业，见到了那个眼睛深不见底的姑娘……

回到家里，他还是习惯又亲昵地喊她姐。怎么也没想到：这个姐姐，被他喊成了真的。

他迅速地憔悴下来。设想了无数种可能性，最难的是：要把她怎么样，她已经变成他刻骨铭心的亲人。

当时背着父母和她结婚，如果离开她，这个缠绵悱恻的爱情故事岂不是成了一场闹剧？而他，也实在过不去负心人这个坎。

她也变得沉默了。

终于有一天，她喊住了他。“嗨，才发现自己辛辛苦苦寻觅来的爱情，只是一个高仿品，是不是？”她竭力让自己的语气轻松，竟然还微微地笑着。

他恨她的聪明。

“分手吧！我们又不是演电视剧给别人看，是不是？”她像一个真的姐姐一样，又温柔又淡定。

他开始收拾自己的东西，她也帮他整理。两个人都做得很慢，仿佛这是一个庄严的仪式。

出租车到了楼下。他回头，再看她。

她的眼里，第一次有了泪意，轻轻地说：“不用怕，我们只是不再相爱。”

不知是在劝他，还是在劝自己。

拥有优秀前任之情感成本

在爱情界有一种说法叫作：即使失去，总好过未曾拥有。

这句话用来安慰那些失去爱情的痴男怨女，但疗效有些勉强。因为你很难将自己的一段刻骨铭心的过去，干干净净彻底打包，搁置在永远碰触不到的角落，不许它与现在发生联系，从此又是一条好汉。

尤其你的前任比你优秀一大截子的时候。

灰姑娘穿过了水晶鞋，被别人提携着，观赏到了高处的风景，从此再也不甘心被打回原形。

A 女是我一个朋友的朋友，她和前男友 B，实在是很奇怪的一对。

A 女长相连普通都算不上，眼皮厚，一笑露出太多牙龈，还有点罗圈腿。B 男是一个清清爽爽的男孩，挺拔利落，白白净净，外形属中上等。

他俩是大学同学，按说也没有什么太特别。但若加上 B 男的家庭条件，恐怕就不是如此简单了。B 男出生于那种爷爷奶奶外婆外公从小都用保姆的家庭。B 男的妈妈挑媳妇，无异于挑王妃，凯特那样的都未必看得上。

但 B 男怎么看上 A 女的呢？谁也不知道。瞎猜着：B 男从小没在妈妈跟前长大，缺少母爱。A 女不漂亮，不矜持，经常跑去给他做顿饭，便抱得美男归。

B男的妈妈从中作梗，终于使得孔雀东南飞。毕竟，那种家庭里出来的男孩，你很难要求他顶天立地。而且，再找个有母性的女朋友，不是难事。

其实，我们无非从客观上大致判断一下一对恋人的条件。若是A女自己并没有把家庭条件之类的事放在心上，损失个把男朋友，也没有什么大不了。问题是：她也觉得对方是“高”的。因为，有时候一个人的气质举止，就是家庭环境变出来的。他已然带着她，见了世面，看了风景，由奢入俭难！

A女后来相了无数回亲，每次都以她的不以为然告终。其实大家给她介绍的男孩，外人冷眼看去，不是不般配的。周围的朋友醒悟：此女已经高处不胜寒了。

一次偶然机会，我与A女同宿一室。没交流几句，她便与我这个半生不熟的人凄凄婉婉说起前尘往事。他爸爸是干吗的，他妈妈是干吗的，如数家珍。那会儿我就觉出她的不妥。朋友跟我说：她早变成祥林嫂了，见谁跟谁讲知心话，讲她前男友的家如何笏满床。

如今，奔四了，还单着。

在爱情里，据说好得不像真的事儿就不是真的。

这可如何是好？在爱情的路上，难道还有这么多陷阱，一个不小心坠落下去，便永世不得超生？

可，条件太好，总不是拒绝一个人的理由吧。

记住这句真言：永远靠你自己来抬举自己，你便想爱谁就爱谁。

也 许

开水房。我提着一只暖瓶，奋力挤出包围圈，放至安全处。正准备挤进去提第二只，那个清秀的男生高高地举着它，帮我二传了出来。不经意地，手指相触。我的心就在那一刻，少跳了一拍。连谢谢都忘了说。

自己都觉得不可思议。他是别班的男生，不算不认识，只是不熟。从来没有想过可以试着去爱爱他。冥冥之中，难道真有一支箭，在那一刻，嗖地射中我的胸口？爱情这东西，真的不由自己说了算？

也许他有点喜欢我，而这个信息被我敏感地捕捉到了，那应该是“爱”的感觉产生的原因吧。我被这个念头激得耳热心跳。否则，那么多人，他怎么只注意到我的暖水瓶？瞬间，我喜欢上那个“也许”。

开始偷偷地观察他。

每天七点半左右，他准时从男生宿舍月亮门出现，去教室。我便结束在窗口的沉思，下楼。中间隔上三四个人，安全的距离，可以镇定自若一览无余地欣赏他走路的样子和挺拔的身材。他知道我在后面不？为什么他走得有点不自然？他是不是感受到了，铺在路上的，我灼热的目光？

下午，一帮男生总是在足球场上踢球。我也爱上了到球场林荫道上散步。用眼角的余光扫过去，他穿球衣的样子帅得人心里绝望。那天他是守门员，就在我跟闺蜜近距离走过的时候，球被猝不及防地射进了门。

他一脸失落，他班的女生大呼小叫。我却偷偷地在心里得意起来。不是在我经过的时候，他走神了吧？

天天这样猜来猜去，真是折磨。

我是喜欢文学的理科女生。成绩不算出色，气质过得去。喜欢自己的男生统计起来，数字也算好看。但这个数字里有没有他的那个“一”？我愿意把别人对我的喜欢，累积起来加在他一个人身上。但你不能，把冬天每天的气温叠加，积成一个温暖的春日。

下周二，学生会要检查宿舍卫生，他是检查团成员。这算不算又一次近距离接触的机会？

周末回家，小姨在。她身上玫红的毛衣瞬间粘住了我的眼光。我试试。试的时间超过了五分钟，一个不合理的时长。小姨大方地说：“借给你穿两周。”

呀。大戏即将鸣锣开场，服装道具立即被贴心奉上。

周二下午，我穿上那件毛衣，配一条白色长围巾，绕颈两周，端坐床边。也许是因为毛衣的颜色，我的脸灿若云霞。想想又觉得不妥，这也太不自然了，在房间还围着围巾。

这样设计也许合理些：先看会儿书，等楼道里人群骚动，就装着出门的样子，推门出去。幸运的话，跟他打个照面，我一定能从他的眼睛里读出隐藏的信息来。我聪明。

时间像黏住了一样。我的心里千回百转，我被煎熬得丧失了女生的自信，我突然觉得不习惯自己这么被动的样子。如果他眼睛里的内容不是我所期盼的，怎么办？不知过了多久，我拿起大衣套上，走了。

不等。

不爱有不爱的好处。二十年后，当我们分在同一个城市，可以和他打打闹闹地做朋友的时候，我终于明白了这句话的意思。端的轻松愉快。“喜欢过你呢。”半开玩笑半认真地跟他说过。“我知道。”他眨眨眼。

也算是那个“也许”的答案了。

贾瑞的爱情

我觉得贾瑞是真喜欢王熙凤的。

以下是行文中贾瑞对凤姐的全部反应：

贾瑞见凤姐如此打扮，一发酥倒……

贾瑞听了，喜得抓耳挠腮……

贾瑞听了这话，越发撞在心坎上……

贾瑞如听纶音佛语一般……

贾瑞听了，如得珍宝……

此时贾瑞前心犹未改，再想不到是凤姐捉弄他……

贾瑞心下方想到是凤姐玩他，因此发了一回恨。再想想凤姐那模样，又恨不得一时搂在怀内……

故事不用我讲，光看这些就脉络清晰。

然后，没有然后了。

贾瑞得了一个风月宝鉴，天天照镜子，留下不洁的情境示人，死了。

我不敢说：对于一个贪图便宜没有行止不知精神为何物的人来说，这几乎可以算作爱情了。

因为我怕你啐我。

如果说爱情只属于精神，我们自己没有徐志摩林徽因那样的才气，没有罗密欧朱丽叶那样的痴情，不也觉得自己那点事念念不忘唇齿留香。

如果说爱情只属于美，我们自己没有林青霞那么清秀，没秦汉那么倜傥，不也觉得自己那点感受独一无二，差点就流芳千古。

如果爱情只属于品格，唐玄宗和杨玉环……

没有人有权出面界定，谁的感受才叫爱情。

如果贾瑞拥有话语权，他一定觉得：只有他对王熙凤的感情，才是真正的爱情。

请试着相信，一个恶心得不要不要的人，也会掏心掏肺地喜欢上一个人。

其实我年轻的时候也是有洁癖的那种人。读到贾瑞这一段，非常嫌恶，是要绕开的。读红楼是要看大观园里那些雅致的少男少女的阳春白雪富贵风流，谁要这种不堪染自己的眼染自己的心。

我试着好好研究了下，他到底触犯了我们心底哪个部位，以至于让我们觉得，他这样的人根本不配谈爱情。

首先，我们不妨先对他抡起道德的大棒子。

连平儿都骂：没人伦的混账东西。因为凤姐是有夫之妇。

唐玄宗与杨玉环也没人伦，但那些文人骚客写了多少他们的爱情故事。而这些故事，仿佛并没有触犯我们的审美。杨玉环做过他儿媳妇的事实，在我们的心里淡成一个可以忽略的影子。

多姑娘也是有夫之妇。我们对贾琏好像就没嫌恶到这个份上。而且因为扇子事件他顶撞了老爹，我们更是把掌声和喝彩给了他，可爱程度一下上升好几个台阶。对了，多姑娘的老公多浑虫也许可以忽略不计，不当一个人看的。

我们真正讨厌贾瑞的，是他的卑微。

他不该把自己置于那样一个境地：癞蛤蟆想吃天鹅肉。同样的事情如果由北静王来做，我们会觉得好得多。

其次，我们讨厌贾瑞的，是因为他的爱情表现太低级，全部是身体上的欢愉。

如果我没有记错，贾琏和尤二姐好像也没有天天看星星看月亮，谈理想谈哲学谈人生。但我们就比较不介意，并倾向于认定：尤二姐是贾琏的真爱。

我们之所以对贾瑞不能忍受，是因为：我们随着曹公，拥有了上帝的视角，窥到了贾瑞这个卑微者在生命的最后阶段，沉浸在情欲里时，最大的不堪。这种不堪，展眼看身边人，你是看不到的。

如果红楼梦删去那段镜子事件，我们只知道贾瑞死了，是不是对他的嫌恶就会少很多。

我们不喜欢他的还有：不肯自拔。

即使那样如痴如醉地迷上一个人，为了不现眼，也要学着走出来。毕竟，设计一套道理说服自己王熙凤不值得爱，也不是很难的事。

谁知道呢，贾瑞就偏偏没有自拔，一直把自己爱死了。

言而总之，我们大多数人还是比较喜欢两个词：高贵，体面。

在琼瑶小说里，贵公子爱上清纯的穷姑娘，为她痛苦，为她辗转，为她风露立中宵……把身份反过来再看看，还有没有这样打动人心……那不就是贾瑞对王熙凤了嘛。

拥有了富贵，做出什么姿势都是好看的。

卑微，没有高贵的血统不是你的错，但在两性关系里，精神上不卑微，也许还是由自己掌控的。

我们都希望自己在爱情里完美演出，不让别人看笑话。

请欣赏林黛玉对待爱情的态度。

林黛玉在精神上是贾瑞的反义词：宝玉错了，宝玉要道歉。她自己错了，宝玉更得道歉。把贾府这个头号继承人，挟制得如痴如醉死去活来。

好奇怪，她不是还泪来了吗？哪有这样还的，让人家那么不好受。

她说：我为的是我的心。宝玉说：你放心。

当然不肯放心了。

在爱情领域里，谁先缴械，谁就成了那个卑微者，待罪的羔羊，就给了对方伤害你的权利，就站到了被动的位置。有一天，就可能不那么体面。

在年少的时候，情窦初开的时候，你有没有那样隐秘地暗恋过一个人：如果我跑过去抱住你的腿求你，你会不会爱上我？你有什么要求，我可以变成你喜欢的那个样子？

我们很讨厌这部分自己吧。

然后，学了乖，便知道了保护自己：任尔东西南北风，我自岿然不动。我常驻大本营，由君来走完全程。

你不敞开了心扉去爱别人，你永远是体面的。贾瑞和林黛玉之间，只有一个学了乖的距离。

可是，没有人向我们保证：在人世间，在爱情里，永远站在主动的位置，就无限接近了幸福。

有太多不被控制的刹那，我们怀念那种听到“纶音佛语”一般的感受。

看似不般配的婚姻

闺蜜在朋友圈给大家出题：法国新总统比夫人小二十四岁，美国新总统比夫人大二十四岁，法国新总统比美国新总统小三十二岁，请问：美国第一夫人比法国第一夫人小多少岁？

谁有心情掰着手指数数？我毫不犹豫地留言：对比之下，美国总统夫人显得好吃亏呀。

闺蜜思维跳跃：如果现在离婚，还来得及等男朋友大学毕业。

大家言笑晏晏，在她的地盘上讨论得不亦乐乎。

美国总统夫人当然不吃亏，法国总统夫人也自然是给老年女士励了志。但不管怎么说，两者比起来，美国的那一对搭配显然更常见。于是问题来了：婚姻里那些令人惊诧的搭配，到底是怎么回事？

我的一个远房亲戚小王，在婚姻上就让人惊诧了一下。

小王的爸爸老王，是科级干部，且希望通过儿女联姻这个事儿，巩固一下自己在仕途上的地位。请你先不要捂嘴笑，科级在县里也不小了，老王把自己的事业看得很重。

小王大学毕业，长身玉立，白白净净，长一口好看的牙齿。平时不觉如何，只要咧嘴一笑，那雪白的牙齿配上脸型，任哪个异性都有一秒钟的恍惚。所以，老王的理想还是有物质基础的。

小王领回一个女朋友，让老王两口子差点昏过去。

老王还顺势装了半个月的心脏病。

据老王讲，女孩父母是农村的不说，个子实在跟儿子不配。目测，穿着摇摇晃晃的高跟鞋，也到不了一米五五。黑，奔儿头，还有一点龅牙。

不只是老王，外人也觉得诧异。婚姻难道不是一架天平吗？你才高八斗，她貌美如花；你腰缠万贯，她风华正茂；你玲珑剔透，她温柔如水……

小王平时不言不语，但在这个事儿上相当固执，也不怎么多解释，只说，家里有她，觉得温暖。再也不多费口舌。

现在他们已经生下女儿。老王两口子看大势已去，才勉勉强强跟小王恢复来往。

我后来见到小王媳妇一次，且用写故事的眼光仔细研究了一番，不禁想起刁德一评价阿庆嫂那句唱词：这个女人不寻常。

如果此时我给出的答案是“小王媳妇身上有正能量”，也许最符合套路。但是，不，我没有看到这一类的东西。

她就是一个平常女人。

但她是那样落落大方。我不知怎么形容：她的小胖腿，她的黑皮肤，生得那样理直气壮。换句话说：她是接纳自己的。甚至连“接纳”这个动作都没有。在她面前，如果老是纠缠相貌，你都嫌自己人格有局限，显得小气吧啦。

我不知小王媳妇拥有怎样的养育条件，或者是她自己有多优秀的悟性，可以让自己的精神保持如此健康。

这令我想起《庄子》里的卫国人哀骀它，奇丑无比。但只要跟他见过的女人，都会跟父母说：即使做他的妾，也好过做别人的妻子。

没有人不在乎别人的看法，这是人自从有了文明历史以后根深蒂固的本能。但人执意这么做，无非因为一点：跟别人的看法比，他更放弃不了那件事情给他带来的好处。

我并不是说小王好德更甚于好色。我只是相信小夫妻俩的互动里，小王一定享受到了绵绵不绝的幸福。

我不否认某些看似不合理的婚姻搭配里，有时会掺杂多种因素：叛逆、心理疾病……但一定还有一种，那就是：婚姻的精神质量达到了外人想象不到的高度。

第三辑

烟火俗世 我自清欢

似水流年

“瞧瞧那些三十多岁的女人，还挺乐呵，都那样了，还有什么活头？”过了这么多年，我还记得华华说的这句话。

二十岁的华华明媚照人，肤色晶莹若春晓之花，汩汩吐着香气。

那会儿，我们拥有着挥霍不完的青春，好像自己永远都不会老似的刻薄着那些年长的女子。

纵然是如花美眷，敌不过那似水流年。

华华漂亮，越是漂亮的女子老了心理落差就越大，这是上帝他老人家的公平之处。一想起这个，我就忍不住脸上的笑意。

她在 QQ 上向我发来泪如雨下的头像道：“想想都可怕，我们这么大年纪了，竟然还没心没肺地活着呢！你知道我怎么安慰自己吗？没事了就打开刘晓庆和庾澄庆他前妻的照片看看。”

我还她一个满地打滚笑的图片，并拥抱她：“我一般是看王菲和周慧敏！”

排行榜上，老是女人的头号敌人，胖排第二。

细究起来，女人怕老，怕的一定不是“智慧优雅”那种老，虽然这两个词跟老也有着一定的亲戚关系。怕的是“俗气鸡毛蒜皮斤斤计较不在乎自己”的那种老。在生活里，对自己多一些纪律，腹内少装一些肉，多装一些书……那你眼神里多保留了一些干净清澈，并显得比同龄人年轻一些，应该是可以做到的。

但是。

真讨厌，世界上还有“但是”这个词。

你希望自己看上去比实际年龄年轻了几岁?

据说：什么事情走了极端，就不是好事了。

年轻也是如此。

我们单位有一位五十来岁的大姐，年轻得可谓登峰造极。那身材，那脸色，再加上波西米亚长裙和人字拖，一副三十出头的样子。当然，不对自己狠一些，是出不来这效果的。

平时在一起久了，并未觉得有任何不妥。一位同学去单位办事，还特地多看了几眼。

本以为她是为大姐的驻颜有术所倾倒，谁知她倒抽一口冷气：“如今的美容技术只美得了人的外表，却美不了人的内脏！”

说的真新奇。

看我不太理解，她解释：“那副外表配上那苍老的声带，让人措手不及，太怪异了！”

同学又说：“人把时间用在了什么地方，是看得见的。”

“越来越老本是自然规律，你偏游离于这个规律之外，那付出的时间和精力，一定是很可观的吧。而如果一个人把时间全放在如何显得年轻上，究其内心，是不是能挖出一丝自卑来呢？”

她继续她的演说，不容我插话：“人长到一定的年龄，本应该发现，这世上还有好多有趣的事值得去做，而你只专注在年轻这个事儿上，你确定自己显得年轻的同时，没有比别人显得乏味吗？”

大尾巴狼继续摇着尾巴：“所以，如果别人夸你比实际年龄年轻了十岁以上，我觉得就该警醒了。”

活着真是丧气！孜孜不倦地努力着，皱纹没减少一条，肌肉的纹理还没往上提升几度，“追求年轻”顺带的那些糟粕，我倒是占全了。

后来。

真好。虽然有“但是”，还有“后来”克它。

后来我又找到了人生新的方向。

因为我见了一个同学的妈妈。

她那天穿了一件暗蓝印花棉布旗袍，清爽的短发，微笑着招呼我，摆好点心和茶：“你们玩，我就不在这里煞风景了。”回自己房间去了。

她的床头柜上，摆着《红楼梦》《菜根谭》《浮生六记》。

她的模样就是她那个年龄该有的样子。该有皱纹有皱纹，该有白发有白发。唯一不同的是她的眼睛，她的眼睛不苍老。她温暖的眼神让你老有一种趴在她腿上诉说委屈的冲动。

我老了若也能那样就可以了。

女人夸女人

我不否定女人夸女人有特真心的时候。但必须有一个前提：被夸人的那个特质不会影响夸人者的根本，换句话说，你被夸的特质，是夸人者自己不太看重的部分。

夸人，总是有点居高临下的味道。这跟“平易近人”是一个道理，我们总是拿这个词形容那些站在我们高处的人。

如果对方真的事事比你强处处比你好，你的本能冲动便是恨不得拿起放大镜研究对方身上的破绽。所以，你开始挑剔一个人的时候，我怀疑，这是你下意识里知道：对方比你强了。

我的闺蜜就曾经可着劲地夸我温柔。

最初，听到这个夸法的时候，我还是蛮受用的。在我的理解里：温柔，美丽，那是一对孪生姐妹。听得多了，我有点小疑惑：温柔了这么久，美丽怎么还没有来？而且，闺蜜这等刻薄之人，夸起我来咋这么流畅而且这么持久？不得不防！

直到有一天，她又喋喋不休地夸我如何对老公温柔，而自己却经常河东狮吼的时候，看着她那一点也不羞愧的样子，我才如醍醐灌顶。

她夸我的这个“温柔”，大约只是一个动词而不是一个特质，约等于“取悦”。却原来，我，只有温温柔柔地，才可以讨生活。而对她来说，是不必需的，她有资格等老公对她温柔。

遂长了心眼儿。这样的温柔可不难。这种人人能做到的东西，夸来何用?

话虽这样说，对于我这种天生贤妻良母样的女人，却经常培养一些这样不靠谱的品质，比如说：会做饭。

我儿子经常说：我妈妈这包饺子手艺，可以去华山论剑了。被儿子一忽悠，我兴致大增，动不动就在家摆饺子宴，请各色朋友人等前来品尝，然后巴巴地等着人家夸奖的回报。

朋友们倒是真心地回报了我，而唯独我的朋友阿瑞，回报我的场合有些不尽人意。

那天，一位校友来我们这里小聚，同路的还有他朋友，之前不认识的一位极品大帅哥。这真是校友带来的福利呀。话说那个大帅哥长得，任何异性见了都会忍不住害羞，恨自己怎么不打扮得再得体些。

席间，大帅哥散发的气场震慑得我们一改之前的张牙舞爪，变得前所未有的矜持，真心地认为自己天生就这么安静含蓄，全是被这伙狐朋狗友带沟里了。大家谈谈诗词，谈谈音乐，风雅极了。阿瑞还把话题巧妙地引到钢琴上，于是大家又感叹了一番她的钢琴水平。阿瑞从小家境好，我们这种年龄会这一手还是很稀罕的。

阿瑞情商高，特会掌握度，看看差不多了，又不落痕迹地来夸我：其实会弹钢琴，也就是闹着玩，其实全无用处。吃了弦歌包的饺子，才知道什么叫会生活，我自己连煮个方便面都不会！

说话的阿瑞，一身韩版的衣裙，十指不沾阳春水，色若春晓之花，形如弱柳扶风，一副仙女的样子。看她那范儿，别说会做饭了，恐怕连吃饭都不会，大概喝点花朵上的露水也就够了。

阿瑞，钢琴。我，饺子。阿瑞创造的这种意象让我很恼火，便风趣道：快别夸我会做饭了，这种不需智商人人会干的事儿夸来做甚？要夸你可以夸夸我聪明，咱俩一起考研究生的时候，我比你多考百十来分，难道你忘了？

一手心子汗。原谅我在帅哥面前发挥失常。

这活干得，跟遇上情敌一般。损人不利己。拼着老命，把阿瑞从云端拉了下来。这倒是给了大家一个警告：你怎么标榜自己我不管，但别拉着老娘去衬托你……

似贬实褒，似褒似贬。女人玩得最转。

A：B 你真能干，我一直羡慕你会砍价，会持家。

B 腹诽：你才会砍价呢，你们全家都会砍价。

一般这样才比较高级：我买菜从来不问价钱的，都是老板一股脑儿算好了说个数。

A：B 呀，我太羡慕你家孩子了，权且不说成绩如何，这孩子靠谱，知道对学习上心。我们最终不就是要一个孩子的态度吗？

B 腹诽：你以为你家孩子很聪明吗？他那成绩还不是你用了几乎一辆车的价钱请家教变出来的？

A：B 呀，你身材真好！能把 200 块钱的衣服穿出 2000 块钱的效果！

B 腹诽：你在告诉我你的衣服 2000 块钱吗？你怎么知道我这件衣服是花 200 块买的？

……

女人就是这样一种生物，有话不好好说。

但会给这个世界添不少趣味。

不是吗？

势力

与朋友亚芳报了一个从上海飞英国的旅行团。除了我和她，同团几乎全是上海人。

出发前，我吓唬先生：“上海人比较喜欢消费，亚芳也容易冲动，而我呢，又爱闻鸡起舞，所以……”他说：“别费心铺垫了，我已做好心理准备。”我拍拍自己的心脏部位，安慰他：“你把心放得妥妥地，你老婆这里有诗书，不再需要名牌装点虚荣。”

于是，咱入关时，学爱尔兰的王尔德，需要向英方申报的，只有一腔淡定和自信。

众所周知，上海人生活讲究是出了名的。果然。

当同团的那个老太太花了三千多买了一条巴宝莉格子围巾的时候，我又惊诧又觉得荒谬。苏格兰盛产羊毛，买一条普通品牌同样配色的羊绒围巾，大约只需人民币七八百。为了那个小方块牌牌，难道傻起来就没边了吗?

我欢喜自己的清醒，喜滋滋地在微信里发言：生活在小城市有它的两面。不好的一面是所谓的没见过世面，好的一面是欲望从未被点燃，某种程度说是一种自由。

家乡人大声叫好。

行程继续，团里的一位女团友给自己买了一件 Maxmara 大衣；又一个年轻女孩买了一件巴宝莉风衣；一个快乐老头给自己买了一架一万来块的自行车……当然，那些我叫不上名字的鞋子包包更是数不胜数。

他们非常之简单天真。上了车，欢天喜地打开盒子，跟邻座一样样比对，状若妈妈向外人展示自己的新生婴儿。

我开始被他们的情绪感染，觉得他们是真高兴。暗自思省：其实这个状态也挺好，最起码人家是心无旁骛陷入对物质的喜欢或者说知道自己要什么。不像我等，念了几本书，变复杂了，又喜欢，又觉得这样不算一个上士的行径。化作两个小人自己跟自己打不完的架……

当然我没在微信里发言，自相矛盾了嘛。

最后一天是伦敦自由行。

在牛津街一家很大的百货公司，我们碰到同团的一对三十五六岁的小夫妻。看到他们手里提着一只装手表的纸袋，便凑趣道："快给我们看看买了什么好表？几万？"猜人家手表的价钱当然跟猜女士的年龄相反，狠着劲往上加就是了。

夫妻俩略显羞涩："万国和百达翡丽，十几万一只。"

我这辈子第一次给别人出了这样的难题，让人家替我尴尬。

我脸上的肌肉僵住了，还得赶紧笑，且悲从中来：人家都拥有了这样的好东西，我难道连认得都不配吗?

拉着亚芳去巴宝莉柜台，补偿自找的屈辱（当然买不起同样的表，因为信用卡额度不够）。

我恶狠狠地买了一个给儿子的钱包，且将巴宝莉的风衣试了个遍。说来也怪，这么大牌的衣服，哪一款都卡胳膊。我在最后一刻保留了理智，坚信一万多块的衣服除了好看，还有让人感觉舒服的义务。

当然，我长得不合适也是有的。

旅程结束，和团友们在上海机场挥手再见。我则继续候机，准备飞回那个没有见过世面的小城。

一个人待着，血流得不那么欢了，脸也不那么热了，那个“自诩满腹诗书”的我又开始复苏。想着那件一万多块的巴宝莉风衣，我感觉自己的行为莫名其妙。

这些天，跟他们一起，飘荡在英伦，可以说是流放到了一个孤岛。无论精神还是价值观，他们的人数太多了，势力太大了。旅程再不结束，我马上就要合身扑过去，投靠。

别的事情不会也如此吧？

沉醉可知归路

那年，我忘了因为什么需要找洁去疗伤。

洁用小电炉子炒好了三个菜等我：青椒肉丝，酸辣白菜，西红柿炒鸡蛋，还弄了一个紫菜汤。我扬着手里的那瓶二锅头："够不够？"洁说："差不多，若是不够，我这里还有我哥剩下的半瓶衡水老白干。"

我用洁的搪瓷缸子，洁用自己的那只小饭盒。每人半斤，不偏不倚。扮演了四年优质淑女的我们，这次来了一个华丽转身。

话说三口酒入肚，我就第一次尝到了酒的好滋味：心里的不痛快，立即打了七折。我们嘻嘻傻笑着，聊着新仇旧恨，意气风发地碰杯。要不是外面响起敲门声，我们都没注意，酒已见底。

站起身来开门，我暗叫不好。脑子百分百清醒，但大脑发出指令后，传导中枢出了问题：想象中款款的步子，变成了之字；甜美的微笑，经过感觉像棉絮一样脸蛋的传递，大概变了形；说话措辞怪异，不符合平时的小清新风格。见来者身份不对，倒是没想扑到人家怀里去。

这次经历得出心得：一是酒可以止痛；二是有借酒装疯这回事。

参加工作后，碰到公司饭局，女士们依例要扮演淑女，拼了老命表白自己不会喝酒。我嫌别人劝得磨磨叽叽，很烦，遂咕咚一口喝掉。从此就被划分进“梳小辫的，吃药片的，戴眼镜的”能喝酒女士的阵营。

平时我也暗暗思忖过：啤酒，白酒，红酒，黄酒，喝起来滋味还都不错。作为一介女流，是不是有点那个了。

我先生一位朋友，每个周末都要爬两次山，每次三个小时。恭维他懂得保养身体，他哈哈笑着答：“周末两天锻炼身体，是为了另外的五天可以喝酒糟蹋它。”他几乎每天都有酒局。

我不懂为什么有人如此嗜酒。除了浇愁，酒一定还有其他的好处。

我还是最近偶然尝到了酒的另外一种滋味。

那天有人送先生几只螃蟹，他自己又买了两斤基围虾。蒸了，简简单单拌个凉菜，又凑上两瓶六两装的绍兴黄酒，就是一席。初秋，外面雨声淅淅沥沥。就着雨声，掰着螃蟹，每人一瓶黄酒就入肚了。

穿的暖暖地去后院听雨，三分迷糊，七分快活。就在那个瞬间，我突然感觉自己身上一道道无形的绳索解了开去。那样一个时刻，我体会到了四个字：心无挂碍。之前，我只是在书上读过那样的境界。两个小时后，清清凉凉醒过来，地球并没有因为我少挂碍两个小时而停止转动，一切令人烦心的事情也没变得更糟。

之后好几天，我一直回想那天的感觉，若有所悟。

先生说：“既然这么神奇，那以后我多陪你小酌几次。”

我笑着答：“那倒不用刻意为之。”

这世界上什么好滋味，都会令人上瘾的。烟，酒，名，利，爱一个人。

只好自己节制了。

酒，帮我打开了体会世界的另一个方式，它让我明白：人生中真有那样一种境界。它让我对那个自在世界惊鸿一瞥。

可我相信自己能自给自足获得那个境界，而不是永远依靠酒这个外力。

高雅的温度

平时碰到堵车，我爱眯着眼睛左顾右盼，看看哪辆车屁股后面有车贴，也算给自己找乐子。“至尊新手，随时熄火，上坡必滑”“油价太贵了，本车改喝啤酒”“谁能告诉我刹车在哪？”“驾校除名，自学成才”“我都到家了，你还追啊？”“碰撞十次，九胜一平”……我经常乐得前仰后合，忘记堵车的不快。

观察久了，发现规律：那些贴了车贴的车，价格大都在十五万以内。有车贴的奔驰和宝马，我迄今一辆也没发现过。想想也容易明白：好不容易高大上了，谁还肯幽默自嘲来娱乐大众。那矜持高雅的范儿，早就迫不及待端上了。但是，高贵的车，冰冰凉，让人有距离感。而那些诙谐的车贴，点缀在车群里，像车主愉悦跳脱的好心情，轻易就传染开去，让人心生温暖。

同样的事情还有装修。

那次在装饰公司，设计师翻开册子，让我选择装修风格。本心来讲，我喜欢那种美式田园风味：花花绿绿的墙纸，朴拙的木质桌椅，铺上棉质的格子桌布，左一束右一束热热闹闹的插花，充斥着生活的热情。但这格调有点“LOW”吧。我毫不犹豫地选择了极简风格。

装修完毕，我家美得就像杂志里的房间样板，甚至可以竖一块牌子：成功人士之家。

搬过去一天，我就暗叫后悔。那面墙，砌满了文化石，灰色里夹带暗黄，晚上睡觉，冷飕飕，人仿佛变成了小龙女，天天睡在冰冷的寒玉床上修习内功。床上用品，是那种白色的高密棉，纤维细得存放不了阳光的芬芳，光滑得倒是像绸缎一般。客厅里，满眼的灰，人的心境都变得不明亮了。我心中叫苦，强撑着接受朋友们的赞誉："好品位。"

我的闺蜜一语道破天机：住久了，人还是喜欢暖色的吧。你想想，人在进化之前，住在天地之间。地是褐色的，丛林是绿色的，庄稼是黄色的，天是蓝色的，只有还原了最本真的环境，人体才会感到本能的舒适。

再说说穿衣这个事儿。

我从小长在农村，对城市文化心向往之。穿衣打扮，格外精心，生怕一不小心露了破绽。衣料的颜色，无一例外黑白灰，最多加上一点点蓝，全是安全又高雅的颜色。接近中年，又听到有人传授真经：一定年龄的女人，要有一千元以上的单品。我跟座右铭一样把它记在小本本上，一件件高贵的衣物购了来，穿了，招摇给人看。衣服好看不好看倒是其次，重要的是它发出的无声呐喊：姐有钱，姐有品位，姐活得不比你差。

过些日子要去江南旅行，我突然想放肆一下：陌生的地方陌生的人，想穿什么就穿什么。按照朋友的指点，我购置了一套从未尝试过的服装：浅绿色的棉麻上衣，牛仔裙，一顶浅咖啡色的小帽，一条深灰的棉麻围巾。全套装备下来也就几百块钱。装扮完毕，我的眼睛一下子就被那浅绿色的上衣点亮了。那绿色，让人想起刚泡开的明前龙井的茶色，让人想起江南的人间四月天。这不够高雅的东西，有时也能让人的心情插上翅膀。

记得有人说：我觉得高雅就是装。

我倒是不想将高雅一棒子打死，我想一定有那样一些人，是真的在品尝它的好滋味。但如果我们没有领略它的能力，何不好好跟自己沟通一下：到底什么才是真正的舒适和愉悦。年过四十，也许不必再强迫自己努力去符合主流的价值观了。

送你一只金钟罩，百毒不侵，可以拿来壮胆："高雅，高雅是谁定义的？谁把鉴定高雅的王位传给你了？"

与生活和解

那天跟闺蜜谈到自己的近况，说平时日子里总是被一股一股的抑郁突袭，好生烦恼。她一语道破天机：“你不会是更年期了吧。”我惊跳：“刚四十，开玩笑吧，看那些香港四十岁的女明星们还少女一样呢。不会不会！”但心里知道，那很会。好在我是一个豁达的人，也就惊了一小会儿，便坦然了。

掐指算来，如果人能活到八十岁的话，过了四十，当然就要慢慢地走下坡路了。好在，人真正到了四十岁的时候，对这个“老”字，已经不那么大惊小怪了。

看这个世界，眼睛竟然开始有一点花。但那双心灵的眼睛，经过这四十年的擦洗，总算是越来越清晰了。慢慢地发现，很多事情，竟然都不是你最初理解的那个样子。

小时候，以为自己很聪明。希望自己长大后做一名科学家，穿着白大褂，拿着试管晃啊晃的。晃的是什么并不重要，重要的是那个令人艳羡的身份。后来科学家自是没有做成，且那种自以为的聪明像一个活物，寄居在我的身体里，不肯安分，拼命塞给我一个我不愿接受的礼物：痛苦。活在人群里，不要说堕入社会底层，不能脱颖而出对我来说都是煎熬。

人聪明了，难道不是得到好日子比别人容易些吗？不是。聪明是干什么用的？难道不是上帝造你的时候心情好，顺手给了你这样一份给力的礼物吗？

“是让你解决难题使的。”我的一位聪慧的女同学，在经历了人生的大起大落之后，很笃定地得出了这个结论。

聪明真是靠不住的。环顾四周，那些比自己聪明的，活得都比自己累；那些不如自己聪明的，个个惬意轻松。

从小给自己的定位便是卓尔不群，对自己一直是有要求的。但到了四十岁的时候才发现：那些励志的故事，不一定能原样拷贝在自己身上。尽管你把自己能把握的那部分做到了极致，但对于这个自然、这个社会的整体秩序而言，我们了解的远没有我们想象的那样多。

有一个故事，讲一个算命先生告诉客人：你在四十岁之前的人生很不顺。客人想：原来四十岁之后才有希望呀。结果算命先生说：四十岁之后你就习惯了。

是的，我也习惯了。在四十岁的时候，已经顺利地跟生活达成了和解。我不会矫情地讲平平淡淡才是真，也不再不顾一切代价去追求卓越。我愿意慢慢地接近生活的真相。无论怎样的人生，真正决定我们每一个个体质量的，是面对它时不同的态度而已。

不再把人区分为好人和坏人。每一个人，长成今天这个样子，除了自己要负的责任，还有他背后那股我们永远不能全部看清的暗流：童年的经历、生存的群体、所得的荣誉、所受的创伤……我们甚至不敢断定这一切所占的比例到底有多大。对某些不受欢迎的人，生出的是悲哀，或者是悲悯。如果让人自己选择，谁也不愿意自己长成那个样子。长成坏人，或者因为DNA或者因为环境，哪一点都不是坏人自己决定的。

年龄越长，才发现自己懂得的比自己想象的要少。生活就像那头大象，我们在黑暗中摸啊摸，永远不敢说自己已经摸到了整体的轮廓。但如果我们够用心，也许可以无限接近那个真相。

娇艳的春花是美，静静飘落的秋叶也是美。年轻是美，衰老同样是美。一个自自然然的人，本就应该活成一株迎风摇摆的小草，或者一棵静默的大树。在花开花落、日月更替中，尽享生命的百般滋味，并去接近那个真相。

全职太太这个活儿

我之前对全职太太有一个非常刻板的印象，来自我的朋友晓雯。

乍看上去，你不得不说晓雯的生活是比别人幸福的：名牌服装，名牌包包，逛街，下午茶，美容院，孩子的国际学校，被她哄得高高兴兴的公婆。

但是，仔细观察，富人的日子总是有破绽可寻。比如：对她的公公婆婆，晓雯总是有一份过头的亲热，凡事一加上个“太”字，就显得既不自然又不优雅；在她的老公面前，晓雯没有如我等布衣女人的那种爱娇劲儿，而是多了些取悦的成分。

晓雯五官精致，年轻的时候出尽了风头。可一个人内心深处如果不是真的快乐，久而久之，会发酵，变成气质渗透进你的相貌里。晓雯虽然在竭尽全力展示着她的幸福，但不知怎的，她变得越来越不好看。

这世上，没有便宜的事儿，只是买单的时候你看不到罢了。全职太太这个活，恐怕真的不是想象得那么好干。又让人家养活，还得让人家尊重，好事儿，全让你占了？

直到我遇到了小友洁。

洁之前供职于一家收入丰厚的国企，跟先生常年两地分居。调动工作眼看无望，便利落地辞了职。

洁是有底气的。首先，她有文字这个一技之长，找工作没有问题；其次，她先生的收入是她的几十倍——没错，她也是那种传说中的有钱人家的太太。

洁在求职的过程非常顺利，做一家杂志社的编辑。可还没去上班，却发现自己怀了孕，职业生涯只好被迫暂时终止。

她没想到，这个全职太太一当上，就欲罢不能，竟找到了自己这辈子最舒服的姿势。

洁怀孕期间，写下几篇稿子，寄给某个出版社，出版社迅速签下了她这个新人。三个月，她出版了一本新书。当然，一点也没耽误她生下那个粉嫩的婴儿……

洁喜欢静，每天的日子是：沏一点茶，点一点香，简单地收拾一下屋子，看看书，随意地写一些文字。大约一年能出一本书，剩下的日子，陪着孩子玩，隔三岔五出去几天，与山水相约。

也许是书读得多了，在心里产生化学反应，生出了格调这个东西。家里有钱，洁却一点也不喜欢华衣首饰。她的衣服便宜极了，都是从网上淘来：朴素的麻料衣裙，舒适的布鞋或球鞋。我经常盯着她那只百十来元的绣着荷叶的米色麻质包包出神：这种别具一格的文艺气质，是包包赋予她的，还是她赋予包包的？

我这个人比较俗，偷偷地给人家算了一笔经济账：照洁的消费看，衣服不贵，不爱吃肉，最大的开销也就是网上订的那一批一批的书籍而已。也就是说，这个有钱人家的太太，生活朴素得自己的稿费也养活得起自己。

洁的先生，那个在商场上叱咤风云的男人，最近正煞有介事地抱着一本《菜根谭》来看。对于这个代表着自己家庭精神层面的太太，他颇为崇拜，“咱得好好提高一下文化素养了，否则将来有一天，小洁跟某个女作家一样，宣布我跟不上她的脚步，离我而去，我这个大男人的脸往哪里搁？”

看来，什么事情真的都不能一概而论。

同样是拥挤，在公共汽车里，你就会心烦气躁，而在舞厅里和朋友一起跳舞，那就是快乐无边；同样是噪音，出处来自隔壁的装修还是来自你家功放里的摇滚，效果也不相同；同样是职场，也不是每个人都做成了杨澜陈鲁豫；同样是全职太太……

关键在于：自己的人生能不能由自己掌控。

养心女人

搬了新家。喘息未定，听到有人敲门。过去打开，门外就站着她，青青，我未来的邻居。但见她，一身灰蓝色的麻料长裙，拦腰松松地系着一条由嫩绿鹅黄两种颜色编成麻花状的细细的带子，垂着风情万种的流苏。一张干净清澈的脸，秀发若云。这个女人符合我的审美。我顾不上感谢她手里的两盆绿萝，迫不及待地问："衣服哪买的？"她故作神秘地卖着关子："没地儿买。"然后又觉得初次见面，不妥，补充道，"我自己瞎做的。"

青青，离婚的奔四女人，独自一个人带着女儿生活，写字为生。上演了送绿萝的桥段后，我对她"一见钟情"，顺理成章地成了朋友。

头一次接触这样一个用最少的钱把自己的日子过得如此精致的女人。

参观了青青的家，我发现：是有格调这回事的。房子不大，浅栗色的复合木地板闪着微光，在不经意的一个地方就会出现一个别致的书架。最最有创意的是散落在沙发边的那个，低低的，整整齐齐地放着几本常读的书，上面盖着一块从批发市场淘来的纯棉浅蓝色的格子布。一只陶土瓶子摆在上面，闲闲地插着一把浅黄浅紫的野花。敲一敲，哦，原来是一只厚厚的纸箱子罢了。青青家的布置用色极为大胆，书房的窗上，随风飘啊飘的窗纱竟然是亮亮的埃及蓝，看着怎么那么顺眼呢。问其价钱，答曰：“二十几块钱”。这个便宜的家，因了女主人丰厚的学养，就这样显露出一种别样的气质。

其实青青最吸引我的，是她生活的姿态。你无论如何也无法把她跟离婚女人这个名词扯在一起，她也从来没有把男人称作臭男人。只见她穿着自己设计的纯棉或麻质的衣裙，永远是那样兴味盎然。在楼道里碰到，问她：“今天做什么好吃的？”她答“素馅馄饨”或是“片汤呀”，有时“今天是烤小牛肉”。她家的伙食经她的口里说出，味道的鲜美好像升了级，总是让人口水忍不住汩汩地流。最妙的一次，是夜里下了雪，正好先生不在家，青青干脆拉我去她家里吃早饭。小餐桌摆在了阳台上：烤得脆脆的面包，煎得黄黄的鸡蛋，打出来热热的豆浆，又切了几只美味的橙子，外面的雪还没停，银装素裹，雪光直映入屋子里来。吃着早餐，聊聊天，神仙来了都不换。

青青的前夫是有一些钱的，所以能留给青青这样一所房子。有钱的时候，青青是一个朴素的太太。离了婚，生活的质量丝毫不用下降，她本来就不是一个爱珠宝的女人。其实青青的收入并不稳定，可她却优哉游哉。宽松的时候，会安排和女儿一起出游，经济紧张了，“那就去地里玩”。青青解释道：“地里也很好看呀，那些薄雾，那些清清凉凉的空气，那些野花上的露珠，那些厚实的土地，你甚至能听到青禾拔节的清脆的啪啪声……这些好东西都是免费的，你不去享受，怪谁？”说的人心醉神迷，听的人也被她蛊惑了去，答应某天早晨陪她去看薄雾。以至于天还未破晓，她就打上门来，想反悔都不行。

每个女人的梳妆台前，都有一大堆瓶瓶罐罐，里面装满了女人们对美的憧憬。确实，有那么一些女人，美丽真的能短暂驻留。女人最懂得保养自己的容颜。但我从没见过一个像青青这样的女人，这么懂得保养自己的心。

驾驭不了的美貌

神话故事里铁拐李本是名书生，相貌清秀，帅哥一枚。因灵魂出窍去访仙，躯体被书童放火烧毁。回来，不得不钻入烂脚叫花子的遗体，从此怪模怪样，苦不堪言。

我自己也经常做铁拐李之叹：哎，再精灵的魂魄，也没有选择皮相的权利。虽然咱的相貌不能等同于烂脚叫花子，但离貌美如花，还差着不小的距离。被人蹬了以后，对自己这具肉身，就更加嫌弃：想想自己的性格怎么说也是人见人爱花见花开，不入他的法眼，一定是嫌我不够美艳吧——把原因嫁祸给自己的相貌，心里立马舒服多了。

我还想着整容来着。如果更美一些，人生也许会方便得多。我那会儿在情海里沉浮了多少时日，幸得现在的先生提拔，才没被灭顶。但一见到小女孩肌肤胜雪，双目晶莹，还是会心有戚戚焉：原来臭皮囊可以美丽如斯！给自己整一个如花如月貌，没事了倾倒一下先生，也是不错的。

有一年，单位组织文艺会演，请来了省电视台的化妆师。如今的化妆，可不是盖的，也算模拟了一下整容的效果。顺利操作完毕，我照照镜子：

不错不错！嘴巴是显得大了点，咱眼睛也大了呀，那两条毛茸茸的假睫毛，成功地给观众造成了视觉混乱。送个秋波什么的，貌似方便多了。嘴巴大怕什么，不是还有个茱莉亚罗伯茨嘛。

这回做人该有底气了，我是美女我怕谁。出了化妆间，如愿碰到了单位的帅哥同事，却暗叫不妙：我那俏丽的小灵魂，跟这具平庸的肉体相处太久，竟然变得意想不到的老实本分了，只好按照自己理想中既矜持又妩媚的样子对人家笑了一下。然后疑惑：我的微笑经过厚厚的粉质面具的传递，是不是变了形？天天顶着一张普通脸孔做人，忽然给一个漂亮脸蛋，不知该怎么使了！

我开始同情那些名伶：天天就那样俏孤零零地盛放着，风情万种着，被各种汹涌澎湃的剧情席卷着，是不是很伤元气？

记得有一次看电影《整容日记》，先生问我："什么情况下你会去整容？"

"如果能把你换成梁朝伟，我倒可以去冒一冒生命危险。"我一高兴起来就大放厥词。

"不懂了吧。你以为越漂亮男人越喜欢？美丽女孩，男人想当然认为她的灵魂也是可爱的。认识你之前，别人给咱介绍过一个长发飘飘，漂亮着呢。穿白裙子，跟一朵小白莲花似的。可是一开口讲话……你懂的。如果小灵魂没进化到那样的高度，可真不要貌美如花，没准让男人失望。"

"那我呢，那我呢？"凭直觉我觉得后边一定是好话。

"第一次见你，虎背熊腰，中人之姿。还没来得及失望，小姑娘一开口，妙语如珠，反倒给人意想不到的惊喜。"

先生顿了顿："小灵魂在窗户后面闪闪烁烁，呼之欲出，引人好奇。

虽然那窗框子的造型差强人意。”

我心花怒放，拿窗户扇子对他不停地开合，表示很难相信但还是愿意相信。

原来是这样。

如果相貌和自己的小灵魂注定不能同步，还是让灵魂更可爱一点安全得多。

这样，高兴了，可以找人试试牛刀，看看还能不能制造惊喜。

累了，就那样面目模糊地活着吧，没人注目，没人观赏，多么舒服自在。

爱美达人

小萍是我读书时的密友，虽无十分姿色，亦有些动人处。但无论如何也不是那种让人眼前一亮的美人。所以，到现在我也捉摸不透，小萍对美的热爱，何以能达到如此的程度。用一位男同学的话说：她那不是爱美，是信仰。

小萍极爱护她那头秀发，至少每天一洗。倒是很有效果：蓬松，干爽，熠熠地闪着光。但为此，她至少要比我们早起四十分钟，连出操的日子也是如此。小萍对裤子的要求也格外严格，笔直的裤线自然是最基本的，最妙的是她对裤子长度的把握：裤脚离地面必须约三毫米，这样正好能将高跟全部包住而不至于拖在地上，且能让腿部在视觉上达到一个最佳效果。由于是军装，毛衣必须是高领，否则，翻领的冬装配着一块白白的肉，“那样滑稽地穿，都没办法集中精神干正事。”小萍说。有一次她还严肃地警告我：“如果你继续穿军装配球鞋，请你不要在外面宣称你是我的朋友。”

小萍不信佛，但她基本茹素，偶尔喝一点肉汤。我不明其中的玄机，问她：“怎么，美了容还不够，难不成还要美一美你的五脏六腑？”小萍斜睨我一眼，轻描淡写地说：“天天充满欲望，大啖腥膻，你不觉得会影响气质吗？”我仔细地瞅瞅说话的人，还别说，人家通身流露出的，真有一种说不出的清洁的感觉。

小萍喜欢英语。从入学那天起，每天晚上必抽出半个小时背新概念。大约用了一年半的时间，竟把三四册全背了一遍。我说：“你的六级不是过了吗？再背下去还有什么用？”小萍说：“我就是喜欢。就跟你喜欢唱王菲的歌一样，唱歌有什么用？”

研究生功课的重头戏是课题和论文，所以，头一年的基础课大家都不太放在心上。考试几乎都是开卷，偶尔碰到需闭卷考试的课程，教授一般也是睁一只眼闭一只眼。所以，考试的头天晚上，只要“安排”好第二天考试时坐的位置，就算数。结果，我们这位爱美达人，却开始了昏天黑地的复习。我劝她：“你就别再做样子啦，大家历来都是这样考试的！”小萍回答：“我不喜欢抄别人答案时那种鬼头鬼脑的样子！”

一次，学院的某个社团组织向贫困山区的儿童捐款捐物。小萍也收拾了一批衣物，还买了一些纸笔，包了一个大包裹。辗转反侧了一个晚上，又从自己的护肤品开支里取出了五百元钱，一起送了过去。我想：咱也不能落后呀，也就见样学样地交了五百。等收齐了捐赠品，社团择日开赴山区。那天，去的人竟然装满了一辆大轿子车。可能我们的捐款数量还过得去，社团的头专门给我俩打电话，希望同行。小萍拉着我说：“别去别去！”我疑惑：“为什么呀！那个谁谁，只是送了几本没用的旧书，都去啦！”小萍说：“相信我，一罐子面霜的钱而已，就去人家那里做孩子们的恩人，该做什么表情？很难的。”我听了，觉得有理，但还是忍不住抱怨：“天天追赶你的爱美趣味，得少多少乐趣呀！”

那天读闲书，读到孔圣人的一句话：“七十而从心所欲，不逾矩。”细细思之：这是什么样的一种境界。不知怎的就想起了小萍，忍不住乐了：如我等凡人，虽不能从心所欲，但如果像她这样爱美，离这个不逾矩，是不是就近了些呢？

自助餐厅里的人生

趁先生出差，带儿子去了自助餐厅吃饭。

从来不愿跟他一起去吃自助餐，他永远在监督着我们：不许吃太撑，那叫损人不利己，不许吃太多肉，那叫穷人心态……搞得我跟儿子不胜其烦：不自由，毋宁死！吃自助，可贵之处不就在于它的自由气氛嘛！想吃什么，不想吃什么，想吃多还是吃少，如何吃，都应该自己说了算。

吃得满意，心情就愉快，不忙着走，接上一杯咖啡，索性研究起餐厅的众生相来。

餐厅生意很不错，餐台前，大家你来我往，摩肩接踵，吃得也都很投入：细细观察，竟琢磨出味道来：这小小餐厅，不就是一方浓缩了的人生嘛。

那位大姐，站在选餐台前，手持不锈钢小夹子，犹犹豫豫，拿不定主意。夹起一串羊肉串，又去掉一支小香肠，盛起一些蔬菜，又觉得不吃些点心有点可惜。统共就那么大一点胃，如何才能尝尽所有的美味？这可是个问题。是有这样一种人生的：寻寻觅觅，瞻前顾后，从来不知道自己到底想要什么。

这个小伙子的目的非常明确：奥尔良鸡翅。就他跟朋友两个人，鸡翅竟堆了满满一盘。先喝一杯咖啡，快速帮助清空胃部库存，然后大快朵颐，让整个胃部，盛满最合算的东西。这也代表了一种典型的人生：务必使自己的利益得以最大化。想到这里，我莞尔，那盆奥尔良鸡翅，在真正的生活中，应该代表着那个叫作公务员的职业吧。好吃不好吃，是不是合自己的胃口，都不重要，重要的是：吃它，最合算。你且看，奥尔良鸡翅前，可是挤得水泄不通。

那儿还有一漂亮的年轻女孩，跟男朋友同来。如果我没猜错，她跟男朋友还处于初级阶段，否则，她没必要拿捏出那样的姿态：在取餐处站了半天，好像自己是喝花朵上露水长大的，不怎么会吃东西。勉强夹了几片西瓜，几只小番茄，倒了一杯果汁，就是全部了。吃将起来，将西瓜切得拇指肚大小，一块块慢慢地往口里送。我看得心痒难耐，恨不得替她把西瓜榨成果汁，好使她方便些。其实，谁没有过那样的时候：要优雅，要别人的欣赏。是的，有一种人，是活给别人看的。这种人的全部乐趣，来源于别人对她的喝彩和肯定。

瞧角落里那个老爷子，吃一口羊肉串，喝一口啤酒，惬意。看他脸上那舒适的表情，让人忍不住想从他的盘子里取一串来吃。他吃得很慢，嚼得很细，仿佛调动了全部的味蕾，只为了不辜负盘子里精心挑选的美味。同样的食物，在他那里，味道的鲜美好像升了级。人生路上相同的风景，落在不同人眼里，也会有不同的况味。我们每个人，因为太快的脚步，曾经辜负了多少良辰美景？

还有那个正在由母亲喂食的小婴儿，满眼的清澈和好奇；那个朴素的老太太，低头拾起不小心掉在地上的蛋卷，仔细吹了，吃掉；那个粗犷的少年，取了太多的食物，吃不了的，堆在盘子里，扬长而去……呈现出来的，是千百种不同的人生姿态。

联想到先生对吃自助餐的态度，忍不住笑了：他还真不是一个贪婪的人呢，只是迂了些。

好女子应如玉

朋友小聚，大李的大学同学正好来此地看他，说要一同前来赴会。“是个美女。”大李强调着。

大美女姗姗来迟。同样作为女子的我已有些不耐烦。什么年代啦？还用迟到来彰显自己的尊贵。然后又觉得自己的心理中可能有一些嫉妒的成分，趁别人不注意，偷偷将自己撇下去的嘴角又咧了回来。

果然名不虚传。这美女不是那种统称的美女，美得名副其实。这女子一出现，平时那些疯疯癫癫的男人，一下子被震慑住了，突然变得绅士起来。包间内仿佛笼罩了一室的光华。大家突然都不知道怎么玩了。只有坐在我身边的小老弟，捅捅我：“姐，被比下去了。”

爱美的本能占了上风，我压抑住自惭形秽的心，频频向新来的美女举杯。男人们苏醒过来，也顺着我的势，纷纷向美女敬酒。谁知这个小女子千百分的扭捏，一开始推说自己不会喝酒，万分不得已，也只是勉强沾沾唇，那跟甜水一样的葡萄酒，恐怕连她的口红都没湿透。看她那矜持的样子，好像喝了这口酒就是答应了对方的追求似的。

我靠在椅背上，松了口气，失了兴趣。她，已经不是我这个年龄段的审美。

这是我年少时的喜好。那时候，浮躁，轻狂，喜欢一切表面闪光而令人瞩目的东西。比如钻石。万千的光华从它的切割面折射而出，挟裹着一种不可挡的气势，凌厉而来。明晃晃，晃花了人的眼睛人的心。它的存在，仿佛就是为了衬托你的寒酸和不上台面。

年龄见长，我的趣味逐渐转移，并坚信，让人不舒服的，一定是不美的。

真正的好女子，应该像玉。

跟钻石比，玉，含蓄而内敛，润泽而不夺目，深邃而不张扬，谦逊而不霸道。一个像玉一样的女子，不一定美得惊心动魄，让人忍不住趴在她的脚下供其驱使。也不一定能干如王熙凤动辄行动如风，有声有色，但是其一举一动，一定微笑嫣然，让人对坐醺醺，如沐春风。

玉有灵性。盘古的石吸取了天地的灵气，日月的精华，终于修炼出那淡淡的温润。而女子，经历了岁月长河的滋润和洗礼，生出来的是一颗温和而内敛的心。所以，女子的灵性，一定来源于美丽的心境。一个有着善良内心的女子，无形中散发出来的气质，就像江南水乡那湿湿润润雾气，氤氤氲氲，轻易就隔开了尘世的琐屑和不堪。

人无完人，玉有微瑕。我们在外形上也许不是那样一个绝色女子。但有什么关系呢？瑕不掩瑜。只要我们的内心修炼得澄澈，明净，那些小毛病，小缺点，有时反倒更具尘世的烟火气，更让人亲近。

我们都有机会并有资格做一个如玉的女子。

被岁月盘出温润的光泽

前几天，先生约我去看电影，准备复习一下年轻时的感觉。他先到，我径直过去，远远地看他的表情包罗万象：兴奋，感慨，怜悯……反正因子太多，我一时也解读不准。结果他说："亲爱的，你可真是老了。"我哈哈大笑，迅速剔除刚才偷偷酝酿的情绪，拍拍他的肩膀："你不也变成大叔了嘛。"

其实，变成大叔的男人克服了年少时的青涩，进入了男人的黄金时期，越来越俊朗了。而自己呢，端坐在镜子前面，无论怎样变换角度，无论怎样努力让自己的表情显得生动，都改变不了一个事实：如今的自己，真的像渐渐凋谢的花一样，褪了颜色。

但是，变老了有什么关系?

我们嫌过自己的妈妈老吗? 我们挑剔过自己的姐妹不好看吗? 我们的朋友，必须得长得漂亮吗?

那么，我们费尽心机地要抓住那点残余的姿色，是不是只是为了在异性眼里，还能得一个好分数? 我们女人全部的意义，就是为了得到异性的垂青?

如果必须活在异性的肯定里，这颗心，是不是还不够自信，不够强大?

突然觉得现在的感觉真不错，因为自己的坦然。

再也不穿高跟鞋了，永远是球鞋、牛仔裤，衣服考虑的首要条件是舒适；不化妆，人的手工哪里比得上自然的妙笔，素面朝天，端的是一个清爽干净；得闲的日子，看一本好书，泡一壶好茶，在阳台侍弄一下花草，洗手做一顿色香味俱全的美餐；有阳光的日子，去郊外做个远足；下雨的日子，在公园找个没人的小亭子，听一下雨声，体味一下什么叫天籁。这么多有趣儿的事要做，哪里还有时间考虑：男人是不是觉得我好看?

先生的角色，像哥哥，像朋友，你中有我，我中有你。不用再虚伪地听他的甜言蜜语，夫妻关系已经到了化境。

但再好的夫妻，也终有缘尽的那一天。百年之后，大家终究是不再相干了。所以，如果因为我的年老色衰而导致我们的缘分过早地结束，那又有什么太大的不同呢？我只会感谢他曾经给过我的好日子。然后，尽自己最大的努力，平和地享受生命中剩下的没有他相伴的每一天。

是的，现在真好！就算给我《月光宝盒》里那个时光机器，我也不想回去了。我再也不想做回那个轻狂的、不自信的、把男孩的评估当成自己全部价值的少女。失去了青春的颜色，却换回了一颗平和、智慧和宽容的心，这个交易，做的还是值的。

时光不一定是风刀霜剑。有时，它是一只温柔的手，最终能把女人这块玉，慢慢盘出温润的光泽来。

剁椒虾

生在海边的先生喜食虾。

但见他一股脑儿将对虾倒入锅中，在水龙头底下哗哗冲将几下，滗掉水，再接水。一把盐粒子豪放地撒上去，又扔几片姜。蒸汽咕嘟咕嘟冒上来，估摸着几分钟的样子吧，吃饭吃饭，他吆喝着。美其名曰：吃虾的本味。这是男人对待事物的态度。我不赞成。食物不该被这样粗鲁地对待。

朋友送来一盒子对虾，上品。抻直了身子，跟我家的切菜刀的刀刃一般长。我盘算着，这次不能再让他暴殄天物了，那种做法也不入味不是。

想来想去，刚吃过一次剁椒鱼头，大家都喜欢。能不能把对虾也“剁椒”一下？得意了一会儿，又去百度了一下。有这道菜。看来，总有比自己更聪明的人。

首先要将对虾进行细心的处理。揪掉虾头，保留虾尾，将虾壳一片片剥掉。取一把锋利的小刀，从虾的背部轻轻剖开，挑掉虾线。在准备好的盘子里，摆出自己喜欢的花样。盘子底部，已经薄薄铺上一层泡好的粉丝。

年轻的时候，做这样的事儿是没有耐心的。觉得时间不能这样用，总是草草填饱肚子，赶紧去背几个单词，看一会儿专业书籍才是正经。仿佛永远有一只看不见的怪兽在身后咻咻地追。又好像稍晚一会儿，好东西就要被别人拿完了。

如今心态截然不同。能在阳光明媚的厨房里，慢慢地挑虾线，这对我的人生来讲，是很大的进步。

真正懂美食的人说：做菜的时候，烧火的材料不同，食物的味道都很不一样。因为在微观里看，一切事物都是有缝隙的。烟气最终能渗透到食物里去。在物质世界中，一个平心静气做美食的主妇，她散发出来的气场，也是肉眼看不见的微粒，能跟食物融合。让品尝的人，吃出不浮躁的味道。姜和蒜细细地切成末。食不厌精脍不厌细，是一种境界，需慢慢体会。油烧至五成，将姜末蒜末滑入。待香味蓬蓬勃勃散发出来，马上浇入准备好的剁椒。香味中断，收至汤汁的内部，氤氲于其间，像一个内敛的君子瞬间将才华韬藏。随后，豆豉、盐、料酒、蚝油、鸡精逐一放入，煸炒。

剁椒，我选黄色的。因为等对虾蒸熟之后，呈鲜红色泽。跟黄色映衬，美艳无比。毕竟对女人来讲，美是生活中一项很重要的内容。汤汁均匀浇于对虾之上。大火，上笼。然后掐表，四分钟。在四分钟里，烧好的汤汁和对虾，就完成了一生的相濡以沫。

出锅。挑过虾线被剖成两半的对虾舒服地蜷曲，呈现出一朵朵肥厚的花朵的样子来，上面点缀着明黄的剁椒，养眼又养心。尝一尝味道——先生从此再也不闹着要吃虾的本味了。

有人讲：万物有灵，周围的一草一木，一饮一食，我们都要待之以郑重。而它们回报给你的好处和好滋味，又岂是口里能讲出来的？

静心于俗世烟火中

若遇美女宣称自己吃素，我即刻对人刮目相看，觉得人家的气息，都是清洁的。但亲身进行科学实践，滋味却是不同。不出四五天吧，日子便没了味道，甚至有抑郁的倾向。那块五花肉，就是在这种情形下，被我从市场上拎回来的。

洗干净了，放锅里，添水，添几片姜，一块桂皮，一枚八角，再捏一小撮花椒投进去。大火烧开，再文火细煮，火候足时它自美。想想，又加了一些绿茶，这是跟某位作家学的。肉腻，茶是解腻之王。肉是俗的，茶是雅的，这一雅一俗，该算功过相抵。

咕嘟咕嘟，汤呈现若有若无的绿色，满屋香气便有了不俗的味道。待肉熟透，茶香将进入猪肉每根纤维。做回锅肉多了这样一个煮熟的过程，程序略显复杂。之前，我是不愿做这道菜的。猪肉入锅中爆炒，上桌，那是何等豪放痛快。如今，年龄见长，便不急了。这样一个春日，厨房的窗外，一树樱花正开得热烈，赏着花，等肉熟透，也有幸福感，毫无来由。

不要这样想：把时间这样耗掉，不就变成蓬头垢面的家庭主妇了吗？还要看书，还要进步……书是要看的，但看书不是进步的唯一形式。书，是作者沉静下来之后，照见的自己。那是作者的世界，不能信手拈来照单全收当成自己的人生观价值观。何不让自己的心湖静下来，看看里面能照见什么。

事情，不要急着做完。做任何事情，都是让自己静下来的一种形式。要享受它。和尚笃笃地敲着木鱼是；信徒去拉萨朝拜时那一路的跪拜亦是；如果你愿意，煮一锅回锅肉，也可以是。

一草一木，一饮一食，皆是禅味。

待肉熟透，倒掉肉汤，将肉切成薄片。起锅，少许油，下肉片煸炒。肉片略略卷曲，放郫县豆瓣，盐，继续炒。然后，放蔬菜。

平时，蔬菜我选鲜嫩的蒜苗。这次，立意要往小清新靠拢，选了莴苣笋。将莴苣笋的茎部削掉厚皮，削出笋心，绿油油有透明的质感，像上等的碧玉。将其切成薄片，投入，翻炒几下，放入糖，鸡精，就可以出锅了。

夹起肉片品尝，韧，香，微微的辣，丝丝的甜，还能捕捉到那一缕缕茶香，再品，又找不到了，像与美女擦肩而过后掠过的那若有若无的香气。笋片，夹着是软的，吃到口里，脆生生，略有一些清苦，像人生。

春日午后，来一盘自己做的回锅肉，烧一碟青菜，拌一盘小葱豆腐，炸一碟花生米，备几听啤酒，约三两知己品饮，聊天，赏花，是不是也有一种沉静的意味呢。

表情达人

去南京玩，浙江的朋友叶子要约饭，说是尽地主之谊，我欣然同意。

出发前夕，叶子在微信上跟我确认，说暂定某日中午，她也提前订高铁票。我心不在焉打出两个字：好吧。半分钟后便自觉不妥，要加个小人儿欢快舞动来补救，还是晚了。叶子的性格接近艺术家，嗅觉比警犬还灵，她说：既然你这么没情绪，还是你们自己好好逛逛吧，我就不打扰了！

其实我只是因为刚跟物业吵了一架在生闷气。

我默默反省了一下，那个“好吧”若是“好滴”，就显得有心情得多。更重要的罪魁祸首：我平时太爱用表情了。

在聊天软件上，我是表情达人，快乐的阈值变得好低，动不动就躺在地上蹬腿，对着对方虚眯眼睛放电，变成后宫妃子仰头豪爽大笑，倒身便拜力度大得头发上下翻飞……如今我得了新宠，就是那个刚添上的捂脸大笑流泪的表情。太方便了，在空间里说了什么不要脸的话，只要用它来对付一下，立即体面了。

叶子是那种特熟的朋友，自然对我了如指掌：什么意思？你得多没心情才能这样面无表情一板一眼说话？

在社交软件上，人不能脸对脸。这让人说起话来很心虚：同样的语句，不同的表情浮在脸上，意思是不一样的。我依赖表情包，且不知怎的，跟人交往，不知不觉便会处于情感上的弱势，迫不及待要向对方表白：我是快乐的，我是没心没肺的，我没有别的意思。

我闺蜜曾经向我抱怨：每天早起上班前，先鼓捣自己那张脸，要保持年轻漂亮。拉开门，还得带上最重要的那副面具——微笑，才算妥。我庆幸软件里的表情包用着比她那一副省力，遂用过头了。

提到“微笑”，我跟朋友小艾特别有同感，我们最不喜欢的就是那排第一位的“微笑”表情。

微笑是有很多样式的。有长辈慈祥的微笑，有面对恋人时羞涩的微笑，有矜持的微笑，有高深莫测的微笑，还有蒙娜丽莎一般不可名状的微笑（我先生辩论不过我时脸上就是这一款，表示不是不能而是不为，不跟我争了），最最让人不喜的是礼貌的微笑。你说你打出这样一个表情，让人如何判断？

小艾恨恨地说：距离感扑面而来！

我说：为了表示不喜欢这个表情，跟初恋情人聊天，我都放弃了矜持的“微笑”，直接用“龇牙”代替，他就坡上驴，又是“抠鼻子”又是“奸笑”，直接过渡成哥们儿了。这个结果倒是意料之外的。

“微笑”表情在大多时候真是少用为妙。

比如你憋了好久怕得罪人的话突然向朋友说了，加上一个“偷笑”或者“龇牙”就显得举重若轻，再不济翻一个“白眼”也显得亲近，如果加一个“微笑”，离翻小船就不远了。

我有一个经常坐而论道的哥们儿，只要我一拿表情包向他招呼，他就有轻微的反感，觉得我的话失去了诚意。

他问我，你拿表情包要掩盖自己到什么时候？

我说，到真正的自己可以体面示人的时候。并搭配“一胖小孩笑得岔气”，文字曰：你真逗。

他气乐了，变身一个妩媚的姑娘，笑笑地说，都听你哒。

家有“建设银行”

自从生下小王，知道他是男的那一刻起，我就多了一个心眼儿，且开始漫长的心理准备：总有一天，这个晶莹剔透的小婴儿，是别人的。换句话说：早晚要被别家“招商银行”招了去。

如今，孩子都一米八了，我跟老王便开始以下对话。

“你希望有一个什么样的儿媳妇？”

“一个有灵气的女孩子。”老王傻头傻脑地说。

“如今的女孩，聪明的多，有灵气的……算了吧！这种事，还由咱说三道四？我看，只要女孩没有品行问题就可以了。”我打击他。

“据说越是妖媚的女孩，异性越喜欢。至于品行，仁者见仁智者见智，你儿子看上的，在你眼里会不会都是狐狸精？”老王反驳。

“有理。”我谦逊地说，“这一条也去掉。善意地提建议，不干涉。即使是真的狐狸精，若是儿子喜欢，那也由他。他想获取什么样的人生经验，那是他的自由。不必以你我的方便为准。”

然后我总结道：“都说婆媳是天敌。你怕什么？女孩子一声‘爸爸’，你岂不是跟吃了蜜糖一样？这道题目的核心，在我这里呢。”

而且我知道，这道题目要想解得好，最起码的就是：婆婆不能自顾自的先有一个高得不像样的期望值。

其次，婆婆要身先士卒，把婆媳相处的责任揽过来，那便是：如果将来的关系有问题，你的责任在60%以上。

想一想，婆婆有六十来年的人生智慧，媳妇只经历二十多年的懵懂成长；婆婆精研了中外名著，哲学心理学无所不包，媳妇只念了几年算术物理，处事经验根本不在一个数量级；婆婆将媳妇看成“抢了儿子的女人”，媳妇“抢了别人的儿子”多半会心虚，且想通过“爱屋及乌”补偿，若不是婆婆敌意太重，媳妇一般不会拿鸡蛋去碰石头。

最重要的一点是：你承认责任在你这里，主动权才会在你手里，事情才有变好的可能。

再说了，如果婆媳关系不妥，吃亏的是谁？你那个一天天呵护的宝贝，一砖一瓦精心打造的“建设银行”，只会离你越来越远。

当然，你家儿子跟你的关系可能更铁，前提是：媳妇不是他真心爱的女人。作为一个真心爱儿子而不是控制儿子的老妈，我可不想看到儿子一辈子找不到所爱。

闺蜜问我：“你的意思，是拿将来的媳妇当闺女疼喽？哪怕不是你喜欢的类型。”语气还有一点小讽刺。

我笃定地回答：“别说得那么矫情，会尽量去疼她，且不追求回报（追求回报的疼不是真疼且会留下隐患）。至于喜欢的类型嘛，你要是生个丑闺女，你不也觉得可爱极了？儿子带回哪个算哪个，不由得挑。”

闺蜜又问：“你不怕媳妇蹬鼻子上脸？你知道，有的孩子是你待她越好，她越上劲。”

“呵呵。”我有备而来，“疼她不是怕她，这两者的区别形式上分不清楚，媳妇的心分得清楚。”

嘿嘿，我这个准婆婆，预备动作做了这么多年，还是有一点道行的。

“要是媳妇对你儿子呼呼喝喝，指手画脚，随意指派，你怎么办？”闺蜜穷追不舍。

“想象那事儿是我对老王做的，岂不是就心平气和了。”

“如果你媳妇得到你从未从老王那里得到的待遇呢？”

“我就当我面前的是闺女和女婿！”我恶狠狠地说。

完胜。

不过，当晚老王给出我一个假设，差点成了压倒我的最后一根稻草：“如果亲家看不起咱儿子，儿子需低声下气怎么办？”

“……”

我只能说：我这个准婆婆，准备得远远不够，需继续修行！

“包”治百病

先生在微信那头喜滋滋地向我邀功：给你买了个包包。

我这两天早就有不祥预感，果然。一到人群中，他就容易发昏，没头没脑用物质胡乱表达“爱情”，更何况到了发达资本主义国家。

我定一定神，在屏幕上变成一只小狗晃着两团黄绒绒向他乱摇，意为：加油！

我可不想乱扫他的兴，破坏掉他动辄拿老婆来表达虚荣的习惯。虽然，我抚抚胸口，这成本大了点。

嘚瑟着去群里跟闺蜜们商量：怎么办怎么办，要不要逼他退掉?

我哪里是去讨她们的主意，我只是让她们知道。如此大的成本，骇得人经常从梦里吓醒过来，给她们知道一下，算是另一种产出，顺便压压惊。

换句话说：我要让全世界都看到我低调。

先生归来，我在厨房里忙着煮面。他惊诧：真佩服你的淡定，还不赶紧出来拆包包?

我立即配合着冲出来。

洗了手，擦上护手油，在包包面前盘腿端坐，恨不得再焚上一支香。

我端详着眼前的阿物，以手抚之。沉甸甸，不沉不足以证明其贵。两个大字母在当中纠缠得难舍难分。也好，若是标志若有若无，岂不是锦衣夜行。

我心中喃喃：一头牛也没有这么贵吧。

遂问："这包包好在哪里？做工，皮质，设计，难道比别的包包好了几十倍？"

先生说："外行！有钱人固执地要跟别人区分出来，越贵越开心，能买的人越少越好。至于设计工艺之类，哪里管这么许多。"

我说："这名牌包包厂家，是不是要探测一下富人的底线，看看他们能傻到什么程度？"说完拿手掩口，恨自己露出真心思。

赶明儿要跟本市的才女妹妹小聚……我忖度着：要不然背上它？算了。腹内装的诗书没有她多，这样的一个举动徒然暴露了自己的浅薄。就是用人民币做一个包包，也抵挡不了妹妹散发出来的光华。

对了，我要约见前同事 A 女，她比较物质。

我笑意盈盈：怎么说也得让其见个天日吧。A 女，是个识货的，这一点我很了解。

拿起电话，我又踌躇了。

花有花语，包包大概也有包语。这类包包大约就是在人类的背上替主人尖叫着：我过得比你们好！

而我清楚地知道，我过得不如 A 好，如果物质积累叫作好的话。

有点泄气。先生不耐，说我："你就当一百块一样的包包来背就好了，哪里那么多事？"

亦舒仿佛也在哪里说过，要拿皮裘当睡衣来穿。

我还没有富有到那个境界不是吗？

我开始对名牌包包厂家生出意见来：好不好整这么一出！使得我们

这些穷人，非要别人误会自己的经济能力，踉跄追着富人的身影。

忘了谁说过：并不想在别人面前嘚瑟，但由着别人在自己面前抖威风，那滋味也不好受。

于是，那些厂家就赚了。

好几天了，包包就端坐在沙发的软垫子上。我每次经过，或是眼光抚之，或是手抚之，不知拿它怎么办好。

拿它当一百块钱的使，怕暴殄了金钱。祖宗一样供着，又恰恰暴露了自己的贫穷。

好不为难。

中年滋味长

那天和闺蜜在电话里聊完天，她问："你中午也不睡会儿？"我答："不睡，否则晚上睡不着觉。"她哈哈大笑："不会吧，现在就跟老太太一般？"

几乎是同时，我自己也意识到这一点：怎么跟我姥姥当年一个样！

好吧，我承认，我已经到了中年了。虽然，中年这个词，我看到避之唯恐不及，但还得扭扭捏捏，犹犹豫豫地放它进入我的生命。毕竟，它敲门敲得那么久了。

我同学十几年前讲的故事还在耳边。

某人去算命，算命先生掐指算过，跟他讲：你在四十之前，人生并不得意。此人心想：还好，还好，原来机会在四十之后。

算命先生继续说：四十以后，你就习惯了。

同学抖完这个包袱，我们相对大笑，笃定认为我们的人生是不必去"习惯"的。那时的我们：聪明，骄傲，年轻，手里握着大把的可能性。

如今，一个也不曾漏掉，我们齐齐跨过了四十岁。回头看这个故事，恍然大悟：生活哪里需要去“习惯”，根本是我们这具肉身，经过了四十多年的磨损和消耗，已经有点像瓦数不足的电灯，没有了当年的热烈和充足的能量。而欲望，也是需要能量喂养才得以持续的。换句话说：血管里，激素水平已然下降。

我的好友也说：怪不得张爱玲说出名要趁早！满汉全席，应该在人最有胃口的时候呈上！

我一个朋友，孩子录取进入加拿大的名校。她疑惑地讲：唉，没有的时候想得到，等真正拥有了，好像也没有想象中的那样快活。

欲望满足不了的痛苦被降低，同样，被满足后的快乐，貌似也不那么强烈了。

我看电影《美丽心灵》，跟先生讲：快别盼着孩子将来进入名校了，这样的地方全是天才，我们的孩子是普通孩子，不能因为自己的人生平凡就要求孩子拔尖儿，他要品尝平凡的滋味，也得由他。

我很满意自己的这种清高脱俗。

从来没有得意过，本来想经由这种脱俗，为自己平庸的人生做最后一搏，从芸芸众生中提拔自己一下，后来看无论文人雅士还是贩夫走卒，过了四十岁，好像都呈现出如此态势，也就慢慢放弃了。

后来看到一句话：人们没有在物质世界胜出，转而会在精神境界上做文章。

我吓得伸出舌头，觉得是说我。

一个人提升自己的精神境界，如果只是为了另一种形式的压倒别人，岂不是有点荒谬甚至是悖论——这精神境界就高不到哪里去嘛。

好在，生理原因也罢，品格提升也罢，如果你真的像故事里说的那样，

“习惯”了，认了，人生倒也真能进入一片崭新的疆域。

晴耕雨读，观花修竹，喝酒吟诗，格物致知……只问可不可自己的心，而不再仰仗外界的评价体系——反正已经习惯了嘛。

去掉这种依赖，你会发现，埋藏在内心深处的那个真正的自己，呼之欲出。

此君不聪明

跟先生认识，当介绍人说起他毕业于一所知名院校的时候，我也是心花怒放过的。那会儿大学还属精英教育，一个人的智商跟他所毕业大学的知名度，几乎是一个正比关系。

后来发现他并没有那么聪明，甚至还有些鲁钝，实在是让我悲伤了很久。

我见过先生的很多校友，个个潇洒自如，意气风发，谈笑间，粪土当年万户侯。而他，总是一副含蓄低调的样子。只有我知道：在刚刚琢磨出一句幽默风趣自认为得体的话的时候，早变了话题。所以，只有故作深沉了。那怎么上的好大学？无他，拼命读书尔。道理谁都明白，知易行难罢了。后遗症是：快毕业二十年了，他现在拿起书本，后脑还是钝钝地疼。

是的，他不聪明，做事却能心无旁骛，且追求完美。

那天偶然读到红楼梦里描述贾蔷的句子：“内性聪敏，虽然应名来上学，亦不过虚掩耳目。”细细思之，我疑惑着，是不是聪明忒过的人，反倒很难静下心来做一件事。想到竟然还有可能存在这样的因果关系，我大大地吃了一惊，心里却好过多了。

三十岁的时候，他下了海。俗话说：无商不奸。论理儿像他那样一个郭靖似的老实憨厚的人无论如何也跟商人扯不上干系。但后来却发现多虑了。凭着先生做事的讲究，竟然在步步生险的商场奇迹般地生存了下来。

人不聪明了，就不懂得变通。

公司的车，本来是给他配的，要是哪天送我回了一趟娘家或者全家出去郊游，他一定认真地把里程数记下来，在报销的油费里扣除；他的手机（那会手机还少）绝不允许我用来煲电话粥；每逢年节，和朋友们总是有一些礼物上的往来。他分得清清楚楚：私人关系的，留下，生意上的往来，原封不动地拿回公司。他大学的同班同学曾在中秋节送来两瓶红酒，都被他毫不留情地拿走。酷爱红酒的我据理力争："这个算是朋友间的礼尚往来吧！"他说："这个同学是我们公司的法律顾问，今年给人家送去的那份礼品就是公司出的钱。"

我哭笑不得，问他："你们公司别人也这样做吗？"他回答："我是这样要求他们的。"我又问："你'觉得'他们会做到吗？"他说："可能不会。""那你为什么一定要这样做，虚伪不虚伪呀你？""因为你真的这样做了，别人会知道，你没这样做，别人也会知道。"

瞧瞧，不聪明的人，逻辑多简单。

随便拉出他们单位一个普通员工，心都比他多一窍。所以，没有人怕他。因为人们最怕的，是未知的东西。他在大家跟前一站，里里外外让人一目了然。这有时未免便宜了一些人：借管理上的疏漏给自己谋一些小实惠。

他对这些亦是清楚的，但并不动声色，也没有过分追究。在亡羊补牢的同时，这样跟我解释："管理上的进步总得有个过程。而且，我们自己，也要有个心胸。如果只是一盆子水的量，自然可以做到清澈见底；如果是海一样的量，那就得有些藏污纳垢的气度了。”

头一次，他对自己的没有能力解释得如此聪明。倒是让我忍不住仔细看了看说话的人。

路遇富人请小心

现在街上富人真多，动不动就碰上一个。从某种意义上说，我不愿意老跟富人亲密接触。其实遇到乞丐挺好，从兜里掏出来五块钱，不仅能尽情地品尝“自己又善良又富有同情心”的好滋味，还能反衬一下自己的幸福。可事实却是：你不仅经常碰到富人，还时不时互动一下呢。

那次我们一家开车去西安。从宾馆的停车场开车出来，在自行车道上，迎面碰到了一辆光闪闪的大奔。他是逆行，跟我们的车尴尬地互相挡住了。我打算施个美人计，让人家后退一点。其实，本就该他退一下的。结果，还没等我调整好自己的微笑，奔驰车窗里就吐出一颗暴躁的脑袋，骂骂咧咧地不知嚷嚷了一句啥，我吓得本能地关上了车窗。

我望望坐在右边的文质彬彬的先生，知道自己不可能在几秒钟内用意念把他变成施瓦辛格。于是叹口气，请自己的车多吃了一点油，勉强它上了马路牙子，给富人让开了道。

先生说：“老婆，记住，我们的生活很满意，可以在任何事儿上给别人让步。”我看了他几眼，心想：也太会给自己台阶下了吧。然后又觉得这样想确实也比较舒服，就忍不住附和：“也是！坐在奔驰车里，还对这个世界充满愤恨，如何是好？”

再有一次是在三亚的蜈支洲岛。在绕岛的电瓶车上，坐在我外侧的是一个纤瘦的女人。可能因为比较瘦，坐正了就比较吃亏。所以，整个行程，她一直是侧着身的。而且，就那样举着一个小型的摄像机。我要看清整个海面，要么得后仰着脖子，要么就得伸长了探到前面去。脖子酸痛了，我就休息一下，看看她。这才发现，她可是比大海更让我开眼界。但见她的左手无名指上一颗金灿灿的打造成莲花状的戒指，腕上一只和手指一样粗的扭成一股一股的金镯子。我还没来得及鄙夷人家的品位，她右手上的那颗钻戒晃出一道彩虹，晃花了我的眼。我必须得承认，我没见过那样大的钻石。就在我着迷她的大钻戒的时候，她又拿屁股拱了我一下，扩大了一点自己的地盘。

晚上在所住酒店的院子里吃自助餐，竟又碰到了她。我们俩都微微怔了一下。但她并不打算跟我攀同住且同游的交情，脸上一副有钱人常有的那种不高兴的表情。这顿饭我吃得心如刀割又唔唔连声，边心疼钱边努力享受着美味。那个女人桌前只摆了一盘水果，一杯咖啡。她抽着烟，斜睨着我——吃不饱一样地取着食物。

也不是没碰到过让人愉快的富人。

那天我去接儿子下课。停车场里泊着一辆样式新颖的宝马。男孩都喜欢车，绕着人家的车走了两圈。还幽默地讲："哼哼，BMW，别——摸——我，我不仅要摸你，还要买你呢！"

冷不防，车里下来一个五十来岁的男人，哈哈地笑着，有底气的那种："小孩儿，喜欢车呀，进去看看……"儿子非常在意自己的脸面，不进去。我受宠若惊，恨不得自己坐进去报答人家的热情。看儿子对我很不满意，连忙矜持下来，又淡定又老到地问："七系吗？"

男人又哈哈地笑着："不是不是，这是轿跑，不过七系也有一百七十万的车……"我在心里一分析，忍不住暗笑。这位先生太可爱了，这么简单的话竟能传达出这么多的信息。

如今，我们当然不敢要求富人“富而有德”，但能碰到这样快乐的富人，就已经非常让人愉悦而惊喜了。

富人拿钱去买快乐，能买回来，也是罕事呢。

牛仔风情

除却夏季，我一年大多时间都在穿牛仔裤。在衣柜里翻一下，几乎看不到裙子的身影。林林总总，常穿的牛仔裤怎么也得十几条了吧。

我有牛仔情结。它特别适合我这种想装嫩却不想被别人抓住把柄的女子。那天和小友逛街，她指着某专柜说："姐姐，你老说找不到衣服，这不是中年女人的衣服嘛。"我奇怪地看她一眼："中年女人？什么意思？我的词典里没有这个词。"遂疾步向牛仔服柜台走，掩耳盗铃般屏蔽掉了自己不想听的话。我当然不肯去选蕾丝花边好扮演纯情少女，但牛仔裤可是模糊了年龄界限的，如果穿上牛仔裤而被别人误会小了五岁，就怪不得我了。

牛仔裤真是这世上最包容的事物！七十岁的老妪穿着，舒适自然妥帖；七岁的女童穿上，也另有一番趣味。派它去配T恤、格子衬衫、套头毛衣、风衣、夹克，自然是中规中矩，你勉强它去搭有着大朵鲜花的纱质上衣，它也特别老实地同意。就像憨头憨脑的郭靖，给他娶个只懂得做饭洗衣的媳妇儿，我们自然相信他会好好待她，娶来娇柔俏丽的黄蓉，照样相得益彰。

牛仔裤要想穿得好看，首先不能发胖。牛仔裤的风格是舒适自然，穿上后得有一定程度的宽松。想想，一个到了中年依然清瘦的女子，穿着牛仔裤、布鞋，徜徉在大自然里，多么令人神清气爽。是，牛仔裤确实还能给人以“在路上”的意象，如果那些名牌的套装让人联想到的是不见天日的办公室的话，牛仔裤就能让人想起天下美景。

世人喜新厌旧，而牛仔裤讲究的却是一个“旧”字。亦舒就曾经说：“多少日子以来，我一直想要一条洗得发白，有破烂边缘的深蓝牛仔裤。不能忍受新的牛仔裤：笔挺挺，蓝汪汪，穿在身上，绷绷紧的，坐立不安。”

这种旧，还不是那种假模假式的“做旧”，而是真正的“穿旧”，洗得略略发白，旧而洁净。衣服被人穿久了，附着上了人的气质，两者合二为一，怎么看怎么好看。少女时，最喜欢的是别人的注目，以彰显自己的存在感。如今，心境变了，发现不为人注意的滋味也很妙。在世人的眼光之外，天更高，路更阔。少了杂念，更可以潇洒自如地行走在时光里。而牛仔裤，正好吻合了这样一种心境，旧而低调。

牛仔裤不算是服饰中的贵族，无论怎样待它，都不算辜负。那日跟朋友去逛某个园林，闷热，汗出如浆。跟朋友说：等我一会儿。便去了卫生间。待我迤迤然走出来，腿上的牛仔裤已经变成短裤，新剪的口被我简单地刮出毛边。那天的行程，变得无比的清畅凉爽。

清凉之境

人难免会心意烦乱。

这种时候，书看不下去，家务也不想做，拉上窗帘，自造一个清净之所。然后，选一部自己钟爱的片子。

每个人都有其私密的精神密码。与我而言，有最大治愈效果的片子是：《青木瓜之味》《母亲河》《面包和汤和猫咪好天气》，当然，最近又加上了一部《小森林》。

我不是指这些片子在艺术领域里取得了最高的成就。我是指：它能在音乐响起，画面更迭的刹那，最快地让你静下来。

好片子和好书一样，只需几分钟，你就能迅速判断，它和你是否跳跃在同一个频率上。

这一类的片子，如果喜欢，可以让人沉迷；如果不喜欢，多看一分钟都觉得无聊。

因为它们统统不靠故事情节取胜。

《小森林》，是讲女孩市子，无法融入喧嚣都市，回到自幼生长的农村——小森林，日出而作，日落而息，努力学习农活，并亲手制作幼时吃过的廉价而美味的料理的故事。

小森的四季，春有绝美的樱花，夏看笼罩在层层树林上的薄雾，秋有尽染层林，冬看白茫茫一片大地真干净。食材的种、收，料理的制作，全部发生在这如画的背景下。

我不是吃货，也不着迷于如何料理美食。但不知怎的，这部片子的氛围、意境，和安安静静的诉说，传达了一种我不知如何表达的东西，直达我内心深处的小角落。

西红柿是最有生机的植物。把吃剩的西红柿扔到地里，它的残余种子会在适当的时机生发。噌噌地长，恣意汪洋。去掉旁逸斜出的枝叶，粗暴地用脚踩到地里，它能慢慢生出新根，又是一条好汉。

市子蹲在西红柿地边，呆呆地与鲜红的果实以及新长出的生命相对，感叹：很强悍呢！

我觉得这算某种程度的“格物”。

胸中若只有“名利”二字，对一颗果子如何长成自然会视而不见。不知在生命结束时，会不会惋惜少了某部分经验。

将果子切出十字小口，放入开水中快速地烫，然后置入放着冰块的凉水中。去皮。一只一只，慢慢地做。滤去内心浮躁。

不要说它无用。

放入罐头瓶中，加热，消毒。可以长时间保存。

它是做意大利面的最重要的一味。凝结了你亲自慢慢劳作的时光和那个时光里的心事，它是不是多了一些滋味。

胡颓子是一种小小的果子，酸，涩，粘。作为幼童的市子曾经嫌弃过它弄脏了自己的新鞋子，因为森林里有其他美味可以轻易得到。

长大后的市子，对着一篮子胡颓子轻轻地说：做果酱吧。

对物有了敬意和珍惜。

过程挺复杂，去籽，煮，加入白糖，撇去浮沫，最终得到三小瓶淡粉色的果酱。

市子自言自语：这是我心的颜色。

第二天迫不及待打开一瓶，厚厚地涂抹于松脆的面包，配一盏蔬菜汤，一杯红茶，眼前是小森林满眼的绿。说一声：我开动了。一口咬下去，口腔里嚓嚓作声。

活得真是用心，一粥一饭，一蔬一食，从不马虎对待，岁月静好变得具体。

雨久花应该是一种类似野菜的东西，生长于沼泽中。精心收集，剥皮，放热水里焯一下，根部的红色部分可以用菜刀慢慢剁碎，并剁出黏性。用味噌调味，浇在热米饭上，可以开启炎热天气的好胃口。

早年，我会说出一句特别俗的话：有那工夫，不如背个单词！

NO。

用菜刀细细地专注地将野菜剁碎也是一种人生体验。

不要讲这个有什么用。明天。将来。百年之后大家殊途同归。

也许成功需要讲有没有用，灵魂却需要经验。否则怎么解释你在安静地做着早餐的某个时刻，是那样充实和快乐。

如果人生只有成功一种经验，可能也稍显单调。

是的，《小森林》里，我捕捉到了这两个字：经验。虽然它稍纵即逝。

市子的妈妈是个活泼生动的女人，对女儿说话随心所欲天马行空。她说女儿咕咕叫的肚子里有一只“肚底之蛙”。对于她偷懒没有拔掉的草，她解释成了促进胡萝卜和草的竞争……

市子意识到“不管什么我都必须自己做一遍”，因为在自己的知识结构里，不知是不是夹杂着妈妈灌输的这样随心所欲的东西。

市子的学弟也这样说：

小森林的人说的话和外面的人有些不一样，我不是指方言，我是说你亲自体验和动手做事，以及作为结果，思考这些事，所谓负责任不就是指这种事情吗？我尊重拥有这样体验的人，他们也值得信赖。那些假装无所不知的人其实一无所知。那些装出高高在上样子的人，其实只是把别人造的东西从右边移到左边……

小森林的人，以及我的父母，我意识到他们的生活方式，让他们言之有物……

想到了城里人。

所有的经验大多从课本上得来。不只是物质，连感情上该做何反应都必须先念念书。

我们是那种高级的智能机器人，知识库里倒是存储得足够且有冗余，但不知是不是在克隆书上的人生。

哪一次反应，是属于我们个体，而不是属于那个社会身份？

小森林里的人们，就这样活着，少了情绪，少了妄念，只是如其所是地存在，经由经验，无限地接近生命的某个真相。

《小森林》里这样的体悟说也说不完。

我还没写片子里那些美丽的情境：清澈的溪水，萤火虫的忽明忽灭，小屋前挂着串串清甜的柿子，雪后乡村的静与净……

《小森林》里充满了这些淡淡的、安静的、琐琐碎碎的感悟和智慧，就仿佛湖面那碎钻石一样的粼粼波光。

也许哪一缕，能最终折射到你的心里去。帮你进入生命的——

清凉之境。

王先生的高考奇迹

王先生在初中的时候，就老觉得自己跟别人不同：自己来这个世间是负有使命的。到底为什么这样觉得，他自己也不清楚，但不耽误他经常在田间地头背着手踱步，思考自己将来该学生物还是哲学——是帮这个世界改善物质条件还是帮人类进化灵魂。

王先生虽然这样想，上帝他老人家可不这样想。王先生成绩一直平平，上的高中也平平。

高二下学期，王先生转学到一家好高中。开学第一次考试排名：全班倒数第十五——班里有七八个体育生。

王先生那天晚上在被窝里，进入他人生的第一次转折点。他出了一身冷汗，神经网络断掉的部分突然自动连接上，他明白了：如果继续有一搭没一搭，他不仅拯救不了世界，想把自己从这个闭塞的小镇拯救出去，也难。

王先生开始发奋了。

王先生的爸爸暗自欢喜，自觉之前的武力相加终于积累到一定的数目，发生质的变化。

但凡靠谱一些的高中生都拼，王先生要做的是：更拼。

如何体现这个“更”字呢?

两个例子。

王先生的课间几乎从不休息。语文的课间看数学错题，数学的课间看英语错题……以此类推，请自行脑补。

大家吃饭一般是：一口馒头一口菜。王先生是几口就连菜带汤先把饭盆里的东西吞将下去，手拿馒头，一溜烟小跑回到教室。就着单词下饭。

别的时候自然是该上课上课该做题做题，别人醒着王先生绝不睡着。

如何有一个好身体支持如此的体力透支？王先生的对策是早晨半个小时的晨跑以及晚上二十分钟不知从哪里学来的三脚猫气功。据王先生说后者闹不好居了首功，碰巧打通了他的任督二脉。

王先生进步迅猛。仿佛什么都慢慢通了。

对于每一个科目，人必先攻自己弱的单元。而通了是什么情形呢?那就是终于知道什么是真正地明白，终于发现之前自己擅长的又被对比成弱项。就这样周而复始，终于入了化境。

眼瞅着王先生的成绩三名五名地往上蹿，一直到没有了往上蹿的空间：进入全班三强。

王先生说他倒是没上演那种矫情的桥段，比如累得一头晕过去之类。他经常流鼻血，因为自己是男的不好意思，要不然可以学李香君点出一把把桃花扇来。

结果王先生以相当可观的成绩上了一所西部当时很有名的大学。

王先生的爸爸妈妈从来没敢这么想过。

上了大学，王先生发现自己在高中伤了元气，并落下后遗症：一看书后脑勺就胀。

王先生就像天龙八部中把真气输出后的无崖子，武功全失，并失去了锐意进取的劲头，虽然终于学了生物，但拯救世界的事儿，暂且搁置了。

勉勉强强大学毕业，王先生终于放弃他分配得相当对口的研究所，成了生意人——也许这个活计不需看太多书吧。

王太太问王先生，如果重新来过，是不是还那样拼命?

王先生说，人生不是游戏光盘，不可能退回某个岔口重新点击，所以这个问题没有意义。

但如果真那样，王先生说他的选择不会变。

他说他的大学生身份给了他最珍贵的暗示：自己不是平庸之辈。并让自己无论做什么，都有一个比较高的期许。

这是大学赋予他的全部意义。

前两天，王先生的微信签名改为：以不读书为通。

王太太问他，这样新鲜的说法有什么依据?

王先生说：为道日损。

老聃都来给他撑腰，王先生的人生完美了。

少年子弟江湖老

五一，我们班同学毕业 25 周年聚会。40 个同学来了 33 个，规模空前的大。

如果我们自己不提，谁也不会记起我们曾是一伙儿优秀的中专生。

29 年前，我们是在中考中绝对胜出的一群人。我们放弃高中，读了中专。因为毕业后会有好工作等着我们，可以迅速转为城市户口且工资跟真正的大学生只差半级。大多是农村孩子的我们，就这样拎着小包袱提前进入城市，觉得自己占了一个大便宜。

不必再回忆招生老师招我们的时候，看着我们的分数是如何神清气爽。我们印象更深的是：三年后，当那些选择高中的同学开始接到大学入学通知时，我们的感觉。不夸张地说，听到某个当年内力不如自己的同学竟然上了名校，那无疑是晴天响起霹雳。

毕业后，我们带着怪异的自信进入社会这个大江湖。

自信，是初中时考的无数个第一累积起来的；怪异，是因为我们多么不愿提自己的学历。就算相亲，也恨不得在自己的简历后面加上一个括号，注释上此中专非彼中专。

然后，我们用了二十多年的时间，把自己那点脆弱的自信，默默消解掉了。因为没有人可以对抗环境，环境给的暗示力量太大了。我们都把自己“不凡”这个事儿，抛至脑后了。

二十多年来，大家结婚，生子，相忘于江湖。

直到这次聚会。

展眼看看周围的人都“混”得如何，恐怕是每个同学下意识里一个动作。

按时下主流标准，混得最好的那个恐怕已经挣得一个小亿。当然，这不是我们班的普遍水准。两三个走仕途的，也算做到了处级。有那么五六个大约十几年前就考取了注册会计师，如今在公司财务上都有了一席之地。大多数同学都做点生意，红光满面，高声大嗓，透着底气。钱省着点花，也初步实现了财务小自由。我们几个老庄派，头碰头聚一堆，一本正经商量要不要把钱散一部分给两边父母，然后去终南山做邻居……

这么说吧：我们对自己的境况，都相当满意。

这是之前没想到的。我以为我们要做一阵子“祥林嫂”，见了面只会惺惺相惜，后悔不迭。

跟大学毕业生的水准比，我们班同学的情形当然不值一提。我先生当年上的大学还算不错，因为校友里有个名主持人，他们自命不凡地拼命了一辈子，也没换来丁点成就感。

大学生，天之骄子，这样的一个名分增加了对自己期许，撑大了欲望的胃口。

我们没有关系，我们是中专生嘛。能养活自己养活家人过好自己的小日子，就足够快乐了。

二十五年了，社会这个大江湖，消磨掉我们那无名的傲气跟自负，却没有将我们处理事情的能力一起拿走。欲望和能力，二者争锋，谁能胜出？这个结果是不是跟幸福感有着最根本的关联度？

我们的能力，除了应付那点没有被点燃的欲望，还剩了不少，可以用来保留一部分真正的自己。

真是一件稀罕事儿。

少年意气的我们，当年一直觉得：那样一个选择，是瞎了自己这块材料。老了老了，这个选择的另一面，却意想不到地向我们徐徐呈现出温柔的面貌来。

●

名家推荐语

看弦歌的文字，有时感觉她像一个在雨夜里执行侦察任务的侦察兵，身体浸泡在冰冷的泥浆里，手握着钢枪，瞪着眼睛通过红外望远镜，随时将目标外在的一举一动、内在的一起伏一回旋铭刻在心。之后，再用其生花妙笔，将有温度有深度有态度有锐度的故事记录下来。她能捕捉到大变革时代中的小细节，而且她有能力把属于这个时代的“细枝末节”放到相应背景中重新审视，使正在为理想拼搏的读者总有偶遇“天外飞仙”般的共鸣感与认同感。

——《滨海时报》文体副刊中心主任　王瑞

经久之后，那些如花一般的小姑娘的心事，就这样被弦歌描摹成一幅画。细腻，美丽。挂在墙头，可以说，可以看。

——《扬子晚报》编辑　邹小娟

没见过弦歌之前，我想象她一定是个穿白衬衫绑马尾的女子。认识她之后我一直好奇，一个全职太太是怎么把自己活成干练明快、淡定世事又一针见血的亦舒女郎的？如果你也想知道，答案就在这本书里。

——《河北青年报》编辑　张翠平

读弦歌的文字，明快轻盈，嫣然百媚，酸甜时鲜，麻辣由心，字里行间透着真性情，充满慧黠的质感。她的笔下妙相才思，令人拍案叫绝，又莞尔一笑，如沐惊蛰春风，亦如夜雨润心田，可伴清茗，可佐红酒，留出那一抹薄荷的味道，是她清凉品世味，温暖写人生。

——著名作家　风飞扬